我的
不是我的

吳億偉

目錄

輯二　我的身體不是我的身體

輯三　我的空間不是我的空間

輯四　我的聲音不是我的聲音

【推薦序】

詞語破碎處

李時雍

鄰隔的屋牆，整面垂墜的藤葉如瀑，夕暮下，鑲著金黃色的光，透過流理臺側邊的窗，落進了曚曚的室裡。

是時，廚房裡總是我獨自一人，以過於緩長的時間，挑揀煮食的菜葉，細緻地洗淨香菇的紋理，砧板上，敲擊出頓挫節奏。等待湯鍋滾沸的片刻，便望向窗外植被攀附之牆。而日夕像逐漸煨熟的果皮，愈豔豔，愈透紅。

晚餐上桌，夜色竟已初暗。相對於料理時如儀式徐緩的劇場，吃飯就顯得再平凡不過而現實，形式簡捷、草率，以解決突然的孤獨感。

那年秋天，匆促別離臺北，我搬至查爾斯河岸的劍橋市北邊。待忙亂安頓漸有餘裕，第一件事，即搜尋鄰近亞洲超市，添購食材，回到廚房臺前料理起生活日常；窗外不覺地已走入日光節約的早夜，後落下第一場雪——那你也曾造訪的城市冬雪。那些時候，我想起你在又一趟嘉南返海德堡的路程上寫道：「怎麼沒幾句就談吃的，不過，吃食的確是分隔地域的標誌，但非常時期，身體意識也會隨之調整。」

你偏愛南部粽，刈包，滷味，熱夏時的手搖飲，那些使日子習慣著的。若非經常移動之人，或會忽略我們往往以唇齒、舌尖，標誌出家鄉經緯。而你日後恆常的遷徙，並牽引為個性深處的格格不入，其實可追溯至很早很早的年歲。孩時成長於高雄工業區邊遠的村莊住宅，隨父母親工作遷移，轉學過四間國小、三間國中，青春期勃發的嘉義，世紀末來到海洋之濱的花蓮師院；畢了業，終究又離開曾經短暫執教的課室……

像過上另一種「平行」生活，總不安於此，當身旁友人慢慢安定下來，你卻毅然動身前往海德堡攻讀學位；事實是，德語從零牙牙學起，陷入當時未預期的時差與「延宕」太久的博士生涯。然後你寫下：「抽象的挫敗感跟具體的時空感連結了起來，每個人都是我生命的過客，但是自己卻變成個老人，只能不停反述身邊來去的身影。」

你說，身軀成為「延宕」或時差的節點，彷若旁觀自己與他人的生活，「一件事拖延太久，對時間的感受，便和身邊的人都不同了。他人的高高低低起起伏伏，在我眼中是部沒有結局的影片。」

我想起，許多許多年前（逾十年了），我初初在副刊執編時，曾經讀到一篇你寄來的短篇，印象甚深，題名〈當下〉，寫的卻是「說話的時候，我總感覺不到自己活在當下」。如今回想，那約莫就是你遠赴內卡河谷間，十四世紀已散佈於老城的海德堡大學最初，在街道間，以生疏言語問路，循指示牌找尋教室、圖書館，甚或自己。才明白，我們往往竟也以唇齒舌尖，標誌異鄉的經緯。你的語言不是你的語言。

後來我讀到〈口是心非〉你所寫彷彿有兩種聲音在身體內打轉，心音對口語審視或糾錯，又或〈聲音著床不完整症候群〉描述抵德國後學習新的德語，不若年紀輕的孩子直觀組織聲音，成年逾三十後的自己，語言如感官、或生活的各面向漸已固著，讀到你寫「像我這樣聲音著床不完整，生出的意義自然有限，被切斷的溝通常讓人覺得挫敗」，同樣心有戚戚。

延宕的，是具體時空造成的感覺位移，是一種個性，令想表述的意義迂緩困難地來到舌尖，是身邊之人都離去，唯有自己因踟躕徘徊像鹽柱老在原地。我想連同我手上這份新作書稿，其中也存有像這樣的遷移於路途太多年了，但也正因它的曳長遲延，而終於成為一個創作者、我的摯友，內在最珍貴的心靈史軌跡。

跟隨你的書寫，遷徙嘉義與海德堡之間，於里斯本朗讀後，步行重回奧古斯塔街，旅行階梯的城市斯圖加特，到蘭茨胡特參加傳統的結婚慶典，曾一年住進奧斯汀郊區窗外有鹿群的房子（記得嗎，一八年春天我們曾在奧城的大學短暫重遇）……。不論異地，你也終有屬於你的料理臺、記憶的由來，「在異地的這幾年，我開始自己煮食……。母親這時候來到夢中，我似乎是能體會，在寫不出的論文與讀不完的理論書裡，吃食成為唯一正當的理由，讓自己脫離全然封閉的狀態。」

日暮金色的光如霧落進，當我煮食完最後一餐，收拾整潔好廚房與臥室，在盛夏，告別了寓居一年的查爾斯河畔。就像那年的你，過境這一座城市，日裡，你乘坐地鐵紅線，穿過覆雪結冰的河上，來到雪地的哈佛；在冷冷的冬夜，走進我日後也曾待過的街角那間暖烘烘的漢堡餐廳。

我經常會想到我們的初識，也在異地一場文學交流的旅行上。某個晚上我們在仿古的旅舍房間裡，說著長長的話。那時的我們都還未意識到展開在眼前的是各自延長的學習時代。話語未盡，提議不如出門散步。穿梭古老的衚衕巷弄，從觀光景區，逐漸走到世俗的街路，邊聊著最後走進了一間社區超市，像久住的人添購起日用品、飲料零食……

你說，「終於能交出這本書了，彷彿完成一則篇幅過長的日記，度過了永遠的一天。」我不自覺，想起你所學德語的描述，為了接合唇齒舌間聲音與意義的間隙，在字母間切分、註記著音節，慢慢說，一個字，一個字，清楚地說。

書寫原來也就是一種延宕和迻譯，關於時間、遲來破碎的重述。我想起哲學家曾詮釋德國詩人斯退芬．格奧爾格（Stefan George）的句子，詞語破碎處，無物存有；你必然也曉知的，卻在此裂隙中，而有了存有。如同手上這部《我的不是我的》。如同夜幕薄薄的光暈下，一起走過的路，走返為我們此刻的路。

（李時雍，東海大學中國文學系助理教授。曾為哈佛大學費正清中國研究中心侯氏家族獎學金研究員，並曾任副刊、文學雜誌、出版社主編。著有散文集《給愛麗絲》、《永久散步》，主編《百年降生：1900-2000臺灣文學故事》，論著《復魅：臺灣後殖民書寫的野蠻與文明》。）

【自序】

B，日子習慣著……

親愛的B，提筆寫信給你之後的十個小時，我將啟程返回海德堡，在一年回來一次的小房間，冷氣正轟轟運作，我父親曲著身子在地板沉沉睡去，蓋了件大紅繡花薄被，把頭完全罩住。一旁工作的我顯然沒有吵到他，然而思緒的不連貫，鍵盤打字聲聽來斷裂而毫無威脅性。

另一個國度，此時一天將始。夏令時間，五點左右天已發亮。在海德堡，隨時隨地都能見到輕裝慢跑者，展示著此地每個時刻天氣都舒服，可以出外享受，不像臺灣中午或午後，才出門一會，馬上汗流浹背，一天洗兩三次澡都不夠。

剛回臺時，我確實有這種感覺，凌晨六點多下飛機，覺得時間還早，為省下高鐵車票，買了統聯客運巴士票，一路等車轉車坐車，轉搭電聯車回到嘉義的時候，已經下午兩點，一晃眼六個小時竟過去。南方空氣濕黏纏身，拖著笨重行李更能深刻感受，穿在身上的歐洲時令服飾，盡職地悶住暑氣，才四月天，直逼炎夏。

過了一個多月，儘管依舊悶熱，但卻也漸漸習慣：鼻子過敏毫不保留的復發，直打噴嚏喉嚨有痰的狀態告訴我回家了；重拾狂飆小五十機車馳騁田野，穿梭早晚市混亂人潮的熟悉感；便利商店改裝了，一進門從吃飯到繳費都能搞定，沒事還可待在裡頭好幾個小時，甚至一整天不出來也沒關係。對了，今天早上，突然意識到可能又要一年才能回到這市集，只是吃個早餐，竟誇張地點了肉粽、豬血腸子湯、刈包……

B，你必會笑我，怎麼沒幾句就談吃的，不過，吃食的確是分隔地域的標誌，但非常時期，身體意識也會隨之調整。在海德堡，我晚餐後最多泡杯茶，沒有額外口腹之慾；然而，一回到臺灣，才扒下最後一口飯，就準備前往夜市去買烤肉滷味各種小吃；朋友見我一天總能喝上好幾杯手搖飲料，疑惑問我在德國沒得買怎麼辦？雖然現在德國泡沫紅茶店如雨後春筍一家開過一家，我卻沒有任何購買慾望。回答總是這樣：「不知道為什麼，回到德國就不想喝了。」

每每出去演講或是寫個人介紹，過往多次搬遷與轉學經驗總會成為話題。四間國小，三間國中，南北遷移的經歷，應該養就我快速融入新環境的能力。但不知何時開始，我漸漸意識到自己的「備動」狀態，是類似於那種在河上漂流的移動，與其對抗潮流，不如隨波逐流。內心的「備戰」狀態卻不曾鬆懈，所謂新環境並非陌生環境，而是一種時時刻刻都在變動的感受，初回德國或臺灣尤其強烈。B，你一定會說，那是很正常，我不否認，但這種「正以習慣的方式來習慣周遭」的意識覺醒，在我心底，初來乍到。

誰不是在習慣呢？親人朋友常會問我，在德國還習慣嗎？臺灣還是比較習慣吧？我總難以回答。對我而言，習慣是一種心理狀態，而非比較狀態。但這問題出現了一個前提：「習慣」是指德國與臺灣的生活模式相差不遠；我是否該回答不習慣，因為兩地大不同。為了節省這些複雜的定義問題，我總回答習慣啊，但吃的方面還是需要適應，讓話題轉到具體的吃食，而非連我自己也無法表達清楚的抽象感受。舉個例子好了，回臺的前幾天，我總是特別煩躁，覺得日常生活要被打斷；然而，回德的前幾天，又莫名感傷，所有的熟稔與自在得戛然而止。

親愛的B，你總愛強調，巨蟹座是個習慣的星座，一旦習慣養成了，在愛情中無愛的兩人也能在一起。這是火相的你無法體會的愛情模式。的確，對我來說，所有事情都是生活的一部分，愛情工作和這樣的移動，都要在一種足以習慣的平衡狀態才能持續。我當然知道，完全的習慣是無法說白的，個體如水，裝進什麼容器就變成什麼模樣，意識差別與融入，只是過分敏感。

親愛的B，這信我寫得斷斷續續，飛機轉眼五個小時後就要起飛，手邊一張明信片也趕著寄出，同我前往相同的國度。我確定這明信片飛抵陌生的地址，將一併送達來自他方的喜悅；一如我回到異地，不，不該說異地，因為飛機抵達時，日子只是這裡與那裡地被連結，一如我習慣地繼續著。

【與B通信1】

我今天晚上都在清理這個情緒。

但剛剛你跟說完我突然很想哭。

晚安。

B離線了。最後一封信失去說話的對象，我卻有很多話想說。不再為愛。離開東海岸的情人之後的B，愛情這個話題，不再停留在悲春傷秋的過去。獨自行走街頭，背景音樂不是悲涼曲子，而是轟轟烈烈進行曲，充滿鼓鈸合奏雀躍的音節。

但脆弱總是伺機而出，顯示離線了的B，那照片馬上沉了下來，黑白，笑容變得不快樂。網路的斷裂是一種溝通的失調，無法尋得彼此，讓沉默隨著管線處理各自情緒。不願面對的，是那種說出來也沒什麼大不了的小事情，卻莫名如稻草般，潰了花費數年完成的美麗城堡。

本來已做好的書封老闆說又要改，明天得跟美編溝通，好煩，美編又要不高興。

這也不是你的問題，老闆要改的，美編氣你也沒有意義。

每天這樣改，這樣做，生活真沒意思。工作到底為什麼？

幾天前，我才在臉書上寫了一句：每日不知道在忙什麼；當然不是為了求讚，畢竟這不是值得歡呼的感受，而昨日，父親來電，一直叨念我已在德國數年，為什麼博士論文還是龜速，到底要幾年才夠，論文真有那麼難寫？為什麼有人短時間就畢業之類，我說著自己在德國的學習與生活，父親只是堅持自己的看法，甚至口氣絕決地說：我早就告訴你我不贊成出國念書，誰家的小孩都一樣，我就是不贊成。

B，那一刻我也有深深的疑問感。不是責怪，也不求誰理解，有些東西似乎存在，也必要存在，它試探心靈的限度，觸及思想的流動。我們自然能夠站在對方立場，或以同理心去體驗一切，彷若角色扮演，流轉在眾多的你和他之間，修正這一個的我。又或者根本沒有我，只有那種刺了痛的剎那，才會深切意識到生命正活著。

B，你不愛工作，無關於工作的內容，而是工作的本質：必須為了什麼而做，老闆、金錢、生活……，你夢想依著性子，決定每日生活節奏。在資本主義的社會裡，這樣的任性必會貼上不成熟的標籤。這世界的遊戲規則，玩不起就被擺在輸家的一區。這遊戲難以拒絕。

在我父親眼中，我似乎一直在這遊戲之外，那無奈或生氣的口吻，其中有更多焦慮與不安。書寫《努力工作》的過程裡，漸漸理解他生活在一個怎樣價值裡，期待什麼樣的生活。可惜，這生活不在他身上，如今也不在我身上。親愛的B，是不是就是所謂的失落甚至是罪惡感，一直瀰漫你我之上，我父親從不懷疑這場遊戲，而我們只是奢侈的賭徒，博得最後一把，梭哈之後把所有交給未知的之後。

每每說起目前經歷，有人則定義我「勇敢追夢」，這話的預設立場或許是「夢想與實際是衝突的」。但是，我知道自己實際，因為很多事情不實際反而容易破碎，如何在遊戲規則內找尋路徑，更或者創造一個遊戲規則，都是必要，但如此一來，卻反倒身陷越來越複雜的遊戲之中。我父親不願身邊的世界如此複雜，複雜到他無法理解。

Ｂ，有段時間你早上睜眼，一想到要上班整個人恍若置身黑夜，徹底沮喪。那段噩夢雖已過去，但些許夢魘卻悄悄跟隨。我讀著手上德文教材，電腦反覆播放ＣＤ對話，腦子裡卻是父親質疑：論文重要還是德文？這聲音似乎比什麼都響。你那時的眼與我這時的耳，或許都不斷穿透，像電影中的光束向前奔馳，穿透銀河，穿透黑洞，感知連結那個不確定存在的世界。最後自我慰藉，大聲說穿透是無垠的，停止是無用的，障礙與傷感可以作為指標，一路沒有錯誤。

是啊，我常說這兩個字，是啊。沒有下文的是啊，是種人生哲學。藉由不斷告訴自己是啊，去接受發生的與想發生的。是啊，就算不知道在忙什麼，但總知道在忙，還有事情正在做，還有事情試著做。是啊，Ｂ，還有我的父親，我們都對某事無助，但誰不是這樣，也是現實。是啊，還有我，那眼前的路要還走多久走多遠？

是啊，親愛的B，離線之後，祝福無法及時。明日希望你起床後一切安好，最後一封信迎接的不會只是感傷。

輯一　我的時間不是我的時間

平行宇宙的你

只要你不快樂，我的挫敗就顯得有價值。
只要你不成功，我的不安就顯得令人期待。
只要你不順利，我的人生路就顯得難能可貴。

於是我無法祝福你，那樣自私地，說不出好聽的話。我們太過相近，卻又無法同時存在。但這個當下，我是勝了，我站立在這兒，應該好好歡欣慶賀，但不安地你的影子從來沒有消失。

父親總會談到你，你的人生是成功的，是的，二十出頭畢業後，不用煩惱工作，師範院校公費生，馬上捧了鐵飯碗，就等著退休，他呢，就是退休等抱孫，然而，就在實習結束那一刻，我出現了，父親期待的你無法存在，一個不受控制的我霸占了整個世界，連父親的話也聽不進去，執意要放棄教職，父親對我說不要後悔，決定了之後要自己扛，他沒法再多幫什麼。我是如此固執，也慌張，你的路畢竟我已經走了多年，也不確定將面對的是什麼。

與你分裂的那一刻，應是那炎熱的夏日午後。東部大城天空太藍，不知興奮還是失控的晴空，償還公費，四年，三十多萬，其中有十萬還是借來的，父親看我似乎是瘋了卻擋不住，然而，匯款過程出了問題，在電話中與父親焦急討論，就是那麼一刻，我感受到你，連我自己都遲疑了，一切的不順是不是暗示我本不應存在，而你的吶喊聲音越來越大，阻止我搶走你的生活，只要繳不出這筆錢，你就能過得安穩。我在炎熱的大太陽下奔走，戶頭的數字就是不增加。你笑著，我汗流浹背，突然體會到我們是敵人關係，你不願意友善，我也不甘示弱，眼前的柏油路到底就是校園，你的存在就剩下這段路，我慈悲我大氣，不跟你計較，剛剛，我已拿到這筆錢，沉甸甸鈔票是你的不安恐懼，在人生路上，我們早習慣了抗爭與戰鬥，等到手續結束，我和你，分離，一切回不去。

回不去了。多麼熱門的一句話，幾年前，某個以外遇為主的連續劇正流行，最後一集女主角對著回頭的男主角說我們回不去了，這一句臺詞，突然在街頭巷尾傳開，網路上出現各式各樣的情境，荒謬的，諷刺的，這世界突然出現許多回不去的場景與故事，換來幾秒鐘的關注與敷衍一笑。我想到你，在這個頂樓加蓋的空間裡，三坪，一張單人床還有簡易書桌，我僅有的空間。憂愁下個月的房租，八月的颱風吹進了風雨，雨水如注，夏天的冬天的衣擋不住，濕透了，濕透了，濕透了，一切都濕透了，糟透了，糟透了，糟透了，一切都糟透了，是的，回不去了，你可能會這麼說，總在這種時候我越能把你的臉孔看清楚，你那有點不屑的嘴角，在一間裝潢精美，有落地窗還有小陽臺的公寓，廚房傳來咖啡香，外頭的風雨不過是人生的點綴而已，一會就過了，但我現在租來的房間地板滲水越來越嚴重，聽不進你的人生格言，還來不及對你怒吼，你輕輕按一個鈕，頻道變了，網頁換了，我的故事不過是閃過就忘，每天成千上萬的勵志故事的一小則。

我不需要回去，我過得好。你的人生就停在那裡，我不一樣，我往前走，碩士，出國攻讀博士，這些都是當時聲嘶力竭的夢想與堅持。如今學位遲遲未能完成的尷尬與經濟壓力只是過渡，你不懂，你不會懂，應該是我，替你感到悲哀才是。但，這世界是不是只有我一個人替你感到悲哀？父親前幾天對我說，如果我去教書，再過十幾年不到五十歲就可以退休了，哪像我現在都快四十了，還不知道未來在哪。不，但那不是我的人生，那是你的，為什麼那一刻勝出的是我，你卻總在我身邊吹起勝利號角，不是這樣的，不應該是這樣的，你和我生長在七、八〇年代的臺灣，那是臺灣起飛的時代，我們都被鼓勵追求夢想，出走，這個世界充滿機會，機會是給有準備的人，那時師範院校錄取成績很低，沒有人到公家機關啊，去外頭闖闖，得到更多東西，報紙這麼說，新聞這麼說，親戚這麼說，街坊這麼說，整個時代發燒發熱的沒有方向，你才是與時代脫節的人。

我們處在一個尷尬的年代，一個回神，就發現什麼都回不去了。離開教職時，同事們這樣對我說，少子化的時代來臨了，以後職缺會越來越少，你想回來都不可能。我們生長的年代並沒有跟著我們成長，希望與繁榮早就停在過往，一動也不動，新的時代來了，一個要面對挫折與現實的時代來了。在離開國小教室的那天，你已開始慢慢在我的身體裡萎縮，與學生共處的空間要交出去了，似乎連你一併交出去了，站在教室中間，世界可大可小，窗外的世界或許沒有想像中廣袤，但只需要一點點誘因，就可以將人的心思勾了出去，你抓不住我，即使受過專業訓練的你，寫過無數的教學教材教法，想法設法班級經營，留住學生的注意力，卻留不住自己，在日復一日的教學生活中，我不討厭你，卻不得不離開你。

或許我們本來就注定要分開的，只不過遲了幾年。大學第一年，我曾經短暫出現，與家裡吵著要休學，父親與母親還一路風塵僕僕從高雄開車到花蓮來，加入老師行列勸我多想。我是決定了，怎麼說也不願意退讓，學校要我交出剛收到的公費，手握著幾千元的路途中，我在你身體裡萎縮了，父親說母親為了這件事情，在家裡吵得天翻地亂，有一天還說要去跳溝渠，生了一個不會想的孩子，那畫面在我腦子裡不斷發酵與擴大，中央山脈也擋不住母親哭聲，父親安撫不住，整個夜裡家中陷入哀傷與恐懼的風暴中，父親與母親在辦公室等待著，他們沒有想到等到的是你，我消失了，而我也以為我此就消失了。

但我沒有消失，正如我以為你會消失卻沒有。你的代稱已經永遠成為那個「會想的小孩」，二十出頭就開始等退休，存摺進帳每月不間斷，沒人可以解僱你，退休後有錢領，國家義務供養到你眼睛闔上的那一天。身邊的人總說，這樣的人生最圓滿。所有的冒險與衝勁，都只是暢銷書與談話節目的賣點。夢，想一下就好，不要被騙了，那是別人的人生，別以為會輪到自己身上，花了錢自我安慰只成為別人口袋裡的版稅。小心駛得萬年船。

如今的我也算靠政府過活，那些補助金獎學金，還沒拿到手就被每日瑣費帳單侵蝕所剩無幾；還沒到手就得盤算下一年下兩年的收入哪來。這些焦慮是過程，而延長的過程使生命延宕。你順利地活在六年級的尾巴，抓著了最後的福利，而我一轉身跨過好幾年，現在活在前不著村後不著店的世代分界之中。與六年級生一起完成學業，與七年級生一起當兵，七年級尾的同梯還誇張的說我都可以當他們爸爸了，而那年剛出社會教書的孩子們，也大學畢業進了職場，可能正在某個大公司等候著面試，他們是八年級生，期待著全新的人生，我或許也得坐在他們之間，不合時宜地趁機享受那種八年級新生的喜悅，憑著七年級的經歷，拖著六年級的身子。這些世代的結界在我身上全亂了套，或許，本來就沒這些套。

你不懂，你也不必懂。或許你也正寫著一篇文章詛咒我，是我剝奪了你做夢的權利，享受你為理想義無反顧的衝動，而我如今的焦慮與不安，正是你詛咒的成果。我們是敵人，在不同時空，是不同世代，有不同的想法。現今人與人解決爭執的方式，總習慣推給時間，以前說，只有時間能沖淡一切，現在說，只有時間能衝突一切。我們看不慣彼此，甚至連自己也看不慣，我能想像你憤怒地寫下這無力的世道讓你放棄理想走向現實的路，世界虧待了你，人生總帶有遺憾，正如我怨恨的看著你，享有一切還大言不慚說這世界欠你許多，四處索討那些你自認該有的福利，不管他人的眼。我們認為自己比對方還苦，卻不斷重複彼此的路，我們眼中的風景似乎永遠都停在那裡，有時想想這是何苦，但不就是苦讓我們走到這一步。

或許我讀了你的文章，我就能好好祝福你，而你讀了我的文章，就能知道並沒有誰虧欠你。連陌生人都能祝福了，我們卻怎麼祝福不了自己；這樣想來很諷刺，卻是永遠無解的謎。時間領我們到這裡，但我們又忙著歸類時間並命令自己遵守所有規則，於是追趕、計畫、害怕、焦慮。每每想到這裡，我總會疑惑，多年前的那一天，我和你完全分開的那一天，我到底是賠了三十幾萬，還是賠了一個又一個世代的時間。

延宕的時空

在德國的那些年，每每做完學術報告之後，總會找S一起到河旁散步。那些報告常讓人體會到無法完全用語言載負思想，在知識推進上的緩慢。臺上的種種懊悔，過來人總會告訴你完全正常。S早我幾年來到德國，早已經歷這些，不厭其煩地告訴我如何改進，更多時候，則是教我如何接受。

S大我一歲，像個大姐，總是很有義氣地照顧我們這些晚輩們。那時她跟德國男友在一起，相處融洽，也有在德國長待的打算。我們住得近，常有機會見面聊天，在市集廣場上，坐在露天咖啡桌旁，她說著想當沙龍主人的想法，定期邀請作家和藝術家到家裡來，談論文學藝術美學，她樂於在這兒，成為來去的學生學者們的東道主，一處安心不變的所在。

然而，料想不到幾年後他們感情生變，彼此生活越走越遠，最後分手了。S搬了出來，在市區租了間個人公寓，脆弱的一面完全表露出來，感情不順外加久久未完的博論，整個世界瞬間垮下了。那時我們幾個人，輪流照顧她，日日聽著她述說那些過往，不可能發生的希望，還要阻止她悲傷之際，忍不住拿起電話要和前男友通話談復合的衝動。

S常對我說：「我們能走到這兒，也算無愧於心了。」她說的這兒，指的就是異地。S成長於湖南某化學工廠聚落，跟我一樣都是勞工階層成長的小孩，在她的生活圈裡，讀書是遙遠的事，女孩子長大結婚生子，理所當然。但她賭著一口氣考上好大學，然後學好外文出國念書。然而，到了這裡，才發現做學問這件事，除了努力，還有更多變數。很多人從小到大就是為了成為一位學者而做準備，整體教育環境讓他們早早具備了優秀的語言與思考能力。沒有這樣背景的人，總是追得辛苦。S的說法聽起來有點悲觀，但是她總是強調，這話的意思是正面的，至少到了這裡。

在那似夢似幻的童話城市裡，我們每一步都走得現實。很多博士生都會有這種症狀，覺得自己走到今天這一步只有幸運，而非實力，開始自我懷疑，眼前的一切都是假的。對所有的鼓勵感到心虛，在攻讀學位的過程裡，等著梭哈或是放棄，生產的每個字，都是對自己的質問。

不知道從博士第幾年開始，我對這種懷疑感覺特別明顯。抽象的挫敗感跟具體的時空感連結了起來，每個人都是我生命的過客，但是自己卻變成個老人，只能不停反述身邊來去的身影。我的身軀是一個時空連結點，拉著那些離開的，又接著這些新來的。每每遇見新面孔，總會替他們倒轉時空，想著自己在他們那個階段時，這些人在做些什麼。那種延宕的時空感，自己的身體裡，成為一種具象的衝撞力。每當我轉述那些經歷的，說著其他人的傳奇，卻無法在瞪大聆聽的眼睛裡，看見自己的故事。

一件事拖延太久，對時間的感受，便和身邊的人都不同了。他人的高高低低起起伏伏，在我眼中是部沒有結局的影片。想要改變劇情，拼湊成自己熟悉的畫面，難。常去的店面餐廳一旦歇業了，竟會有莫名焦慮，生活中某塊拼圖不見了。失去汰換拼圖的能力，消失的事物只有直接刪去，拼圖越來越少，世界也隨之縮小。生活封閉得不知不覺。

最怕的是，那塊拼圖是人。那年在臉書與以前的房東打了招呼，約好要去拜訪，在臺灣待了幾星期還沒回到德國，卻在他的臉書上讀到訃聞，是兒子留的言，說父親已經過世並安葬好了。我打開臉書訊息，上一則還是房東給我的新年祝福與約定好的會面。他們那年才搬了新家，完了裝潢。房東一生的願望就是擁有一間自己的房，他買房時的喜悅我印象深刻，退休之後完成這樣的夢。

回到德國之後，我拜訪了房東太太，樂天派的她個性爽朗，說著房東走了，人生還是要繼續過，得找到伴度過下半輩子。爽朗笑聲依舊，說著說著還是流下淚，她指著房間的大床，好一陣子不知怎麼一個人睡。她細細描述著，房東得知癌症惡化，沒有痊癒的可能時，淚眼對著她說著本來要過好日子了，退休了有房有閒，卻發生這樣的事。他一直對房東太太抱歉，從發現癌症到過世，短短四個月不到。

聽著這些話，想到初來德國的那幾年，這家人給我的生活感。房東先生不太說英文，我學習德文後，我們從無言相對，到後來吃飯聊天。廚房的窗戶在白日有光，黑貓會跳上窗臺休息，佐著早餐的常是房東的身影與黑貓慵懶身軀。餐桌上聊的是日常話題，話語的脈動，熱水的沸騰，洗碗機的運作都混雜其中。那是他人生最後五年。每每想到時間可以這樣具體，總是傷感。

回家的路上，更多人出現在腦子裡，德語班那些朋友，坐我隔壁的印度人叫圖沙，一直報名德語班延長簽證，希望留在德國工作；還有一個巴西少年，在網路上認識了一個德國人，為愛長途跋涉，告訴我同志在巴西備受歧視，想要在這裡找到自由；還有那個加拿大朋友，跟德國妻子移民到紐西蘭了。這些人，還在我尚未換軌的跑道上走著，重演那幾個月認識的畫面。這些片段，跟辛苦寫出的字句一樣，反覆修改，磨成一個不確定的樣子來。

只是為了學位，卻硬生生拉出了一段人生風景。期間經歷的人事物與抽象理論無法融合，所有解讀與聯想，知識與討論，都成為夢境裡不可觸摸的一處。學術論點層層疊疊，像是語言的巴別塔，堆高之後就是分歧。寫字的人，總會在某一刻起，開始控制不住思索起文字的可能與意義。這些問題如鬼魅縈繞：下個字的意義？這些段落組合的意義？寫這篇文章的意義？答案往往徒然。然而，只要心動此念，就回不去過往單純：有一點光，就能寫出一整個晴空；一點點發現，就翻轉出一個世界。如今常說的反倒是，寫這些做什麼？以後不寫了。好不容易有的戰技，是為了被收起來，來證明它的意義。

我述說的失敗，就像太空人困在延宕的時空裡，徒勞地在停滯裡尋找進展。我特別喜歡電影《星際效應》最後幾場戲，時間成為觀看的單位，男主角在女兒的每個時刻的房間裡來回，空間被一秒一秒劃分。他透過一條條摸得著的細線，對著女兒發出訊息。時間如絲，多麼詩意，琴弦一般地彈奏那些本以為逝去的畫面。我總想像，有一個這樣的我也在某處窺探，他對著我拉緊時間的線，所有的停滯都是無可避免，必須體驗的訊息。

S仍在學術路上走著，不同的是，她遇見一個適合的對象，幾年前結婚了。前陣子見到S，談起那段她失戀的時光，大夥接力輪流到她家照顧她的點滴，每個人的反應都是笑著，倒是懷念起那年失了瘋的情緒。失敗在當下是定論，如某個特定時空的切面，凝固的。等到事過境遷，所有切面再被定義，重新流動成了過程。我現在的延宕，最終也是一場過程，無可避免地，所有一切是為了有天可以回顧，然後笑笑地說：都過去了。

新年計畫

在德國留學，每年最期待的就是新年煙火。

平常時候，德國是禁止燃放煙火鞭炮的。不像在臺灣，進行宗教或其他慶典活動，整條街爆竹聲響碰碰，充滿濃濃煙硝味，所有人置身儀式中。在德國，若要感受如此氣氛，只有新年前夕。

某年新年與朋友一起慶祝，吃了頓豐盛的晚餐，從晚上七點到午夜，一路暢談，這晚餐是告別也是迎接，時間虛幻摸不著，在此時卻十分清晰，可以如抽屜般提出放回，裡頭裝滿一年的回憶。彼此分享今年做了什麼，對歡樂加油添醋，對傷心輕描淡寫，畢竟都過去了，接下來又會有新的時間抽屜。

最後一分鐘，有些人會選擇到街上，點燃煙火，享受少有的「刺激」感，在街頭被不小心失序的煙火追著跑，接受如「鹽水蜂炮」的挑戰。德國各大城的知名廣場，像柏林的布蘭登堡門前或是慕尼黑的瑪麗恩廣場，會湧入數百數千人，大夥在熱烈氣氛中倒數，那一刻奔放的煙火鬆綁了一年緊繃的情緒，尖叫吶喊，同煙火聲聲飛向黑夜。

我和朋友選擇隔岸旁觀，吃完飯移到陽臺上，期待黑色的街頭突然開起彩色的花。拿起紅酒，乾杯，一同倒數。「五、四、三、二、一！」突然，許多火花飛出，高的衝進天空，低的在樓房間爆裂，頓時七彩火花忽遠忽近忽上忽下連續綻放，天際線一排金色煙火依序噴發，像被風吹的窗簾自帶節奏。伴隨煙火聲，是街上跟我們一樣對眼前美景的讚歎聲。隨處開花的煙火景觀與煙火秀不同，雖然沒有壯觀花式，但濃濃生活感卻教人更感動。

「新的一年，你有什麼新計畫？」朋友突然問我。

面對這個問題，我一時反應不過來，身體卻有制約性的行動，想拿出什麼本子來記錄。那是高中時期，每次考試結束，心情感到失落懊惱，不必等到成績公布，就會與好友到附近速食店，拿出書包的筆記本，不管裡頭滿滿的讀書規劃，再用新的一頁抹掉過去。依照月份分類的筆記本，寫滿克服考試失誤的方法，然後畫起表格，寫上「每日數學練習一題，英文單字三個，國文注釋五個……」

如果一月是一年最適合做計畫的月份，慘淡高中三年，一年有十二個月我卻好像永遠只活在一月。那是在考試之下想像時間的方式，給自己無數的開始彷彿就能贏得許多起跑點。當時總羨慕成績優秀的同學，他們的時間是正常的，是線性的，能好好感受春夏秋冬四季時序，不像我永遠卡在初始，到不了彼岸，只能望著他人漸行漸遠。

也許是這種情緒使然，之後說起做計畫總帶一點罪惡感。願景本身似乎是一種彌補而非追求，全為了過去做交代，計畫越多彷彿失落就會越多，整個人困在我稱之為「永恆的一月」狀態。

跟朋友分享這樣的心情故事，本以為會得到安慰，迎來的卻是哈哈大笑：

「一直做計畫，聽起來人生總能不斷再出發，很好啊。本來就是這樣，人生沒辦法依照某一個計畫不變動走下去的，堅持多少是多少。最怕的是連做計畫的能力都沒了，整個人如在大霧中漫天抓著方向。

「每個新年，就是見霧散去的一刻。」

朋友說完，喝了口紅酒，表情坦然，他的背景是還沒有燃盡的煙火，在街道與天空之間燦爛。

他仍等著我的新計畫。

就在此刻，在異地的新年，我眼前一片明朗。我準備分享自己的新計畫，儘管還沒想清楚。不過，一月一日才到來，新的一年並不催促我，霧散去後的路會慢慢顯露出來，踏出第一步之後就是前行。

青春期

九〇年代初，嘉義市民族路上的金財神大樓剛落成，那是市區新地標。在這之前，嘉義市的主要電影院是火車站旁的嘉年華，設備新穎，廳數並不多，藏在街頭有一些三輪戲院，沒有豪華設備、吸引人的立體音響，但有的是寬敞空間，紅色椅子還會吱嘎作響。看電影的人並不多，裡面充滿灰塵與食物交融的味道，但是螢幕又寬又大，滿足視覺的快感。看電影就是要把人放大仔細看，我總是這樣覺得，以至於後來到所謂的家庭式戲院觀影，大小只容幾排座位時，都不太習慣。

那個時候，嘉義一切很蓬勃。如今想來，可能是青春期的年紀，世界都是蓄勢待發的。國三那年父親因擔心我成績一落千丈，把我轉到嘉義某私立學校，一下子把我從生活十幾年的高雄抽離。以往嘉義只是一個過年放假回來的「家」，頓時變成日常生活所在。父親本來打算一同搬回嘉義，後來不知為何沒有實行，那一年我就這樣看著父母親風塵僕僕回到嘉義做幾天工，然後又急急忙忙回去高雄做生意。

私立學校的進度總是超前許多。當公立學校還在放暑假時，私立學校早就起跑了，九月入學時，國三的課程竟然已在收尾階段，為的是下學期可以不斷複習。父親為了讓我追上進度，在學校找了幾位老師幫我課後補習。因此，下了課，我通常不是回水上的家，而是一個人在嘉義街頭晃盪，到老師家補習。嘉義市區跟高雄的很不同，已經習慣棋盤式的行動路線，嘉義市區街道的曲曲折折，新舊店面穿插的景觀，讓人有一種身歷其境的冒險感。

國二之前，獨自在市區逛街機率相當低。在高雄時，住在大發工業區旁的小村莊，光是去鳳山得先騎二十分鐘的腳踏車，到最近的大馬路鳳林路，坐上三十分鐘的公車，更別說是遙遠的高雄市區。因為這樣，父母親也不太答應讓我自己出門。回到嘉義之後，這些束縛突然全解開了，我一個人可以大搖大擺在市區走著，握著父親給我的生活費，奢侈地去新榮路三商百貨地下室享用三商巧福，那濃濃的湯頭是十四歲的自由味道，咬著一片又一片牛肉，沒有人管得著的口感，再配上一疊泡菜，辣辣脆脆。在我身邊的大多是成年人上班族，這不是我的地盤，卻名正言順占了一處。

轉學的那一天，我的身分已從客人變成長居的晚輩，以前一年見幾次笑呵呵的叔叔伯伯母嬸嬸，成為管教我的長輩。那時嘉義老家還沒有改建，轆轤把的傳統格局，每個房間早已睡滿人，我獨自住在老房子對面的二樓透天厝。看似同親人們住，但卻又隔著距離。青春期的我有一個怪癖，吃完晚餐之後就會馬上發睏，撐不住七點多就倒下睡了，一直到十一點多才起床，透天厝沒有熱水，得跑到老房子洗澡，而老房子仍是採用燒柴生火的設備，過了九點，只剩溫水。好幾次眼睛睜開已經近午夜，我一個人偷偷摸摸拉開鐵網門，從屋後躡手躡腳前往浴室，那時還剩一點溫水，趕緊沖洗怕吵到入睡的大家。本以為天衣無縫，但有天嬸嬸說，要早一點洗澡，不要深夜才跑進來。過不久，長輩直接叫我回到老房子來睡。獨居時光很快就結束了。

那一年似乎花很多時間在睡覺，也不知道為什麼那麼容易發睏，吃完睡，放假睡，考試前才會驚醒，三、四點臨時抱佛腳。我常請同房堂弟叫我起床，但叫了幾回之後，他也放棄了。迷迷糊糊中我總說知道了，但睜開眼就是趕校車的時間了。

轉入的是嘉義有名的私立男校，全校都是男生，對我來說是全新體驗。操場旁有幢宿舍，住滿了遠道而來的男孩們。住在學校是什麼感覺？那時十分好奇，一直想進去參觀，但上課時間宿舍並不開放。有回趁放學與晚自習的空檔跑進去，同學熱心介紹他們的生活起居，那六人一間的小寢室，汗臭跟男孩的喧譁。看到平常穿制服的同學，迅速換起便服，然後拿著臉盆毛巾肥皂，鬧哄哄地搶起浴室。現在想來他們都是提早長大的一群，不知不覺，就過起自己的日子，搶著自己的空間。

身為一個轉學生，似乎有義務去回顧班上的「豐功偉業」。我永遠不在場，故事可以不斷加油添醋，一次比一次還誇張。這些故事，往往跟性有關。班上第一名的同學，不是書呆子的形象，總愛說一些有的沒的。下課過來跟我抬槓，話題不外乎是以前同學如何用言語挑逗某女老師，嚇得老師不敢上課。最誇張的是英聽課，最後一排的同學會聽著老師念英文，然後開始自慰，他信誓旦旦保證，女老師絕對知道，所以不敢走過來。他越說越誇張，似乎整間學校只剩男孩的賀爾蒙，以及雄性激素勾勒出的荒唐的場景。不過，我像聽天方夜譚一樣記錄著他每日的情節，半信半疑，但也不想阻止。

那年在嘉義街頭，我最常逗留的地點就是電影院。下課之後，把父親給的生活費拿去看電影，是生活最大的祕密。金財神大樓電影院還在時，我看了二輪的《侏羅紀公園》。那時幾乎全臺灣人都看過了，天天聽人談論，我卻沒有跟上潮流。坐在電影院裡，高級沙發立體音響，震得下一秒鐘恐龍就要從螢幕跑出來，可是突然，奔跑的主角與恐龍速度越來越慢，他們說話的聲音像是拉長的彈簧，嗡嗡嗡，有點滑稽，然後整個畫面停住，我還以為是什麼特效，結果博士的臉突然迸開，一個燒焦的洞慢慢擴大，連恐龍都被吞噬了。電影院裡的人面面相覷，這是《侏羅紀公園》的彩蛋嗎？工作人員著急的跑進來，說底片燒掉了，電影放不下去了。我的侏羅紀公園就停在角色與恐龍被燒掉的畫面裡。

也許天天被同學充滿男性賀爾蒙的故事所影響，青春期的當下，我最常看的竟是香港的三級片。情慾血腥。那時電影院抓得並不嚴，有一次撕了票，後面傳來工作人員的討論，他是國中生而已，可以進去嗎？我加快腳步，轉身進了戲院。那是香港三級片風光的時代，《赤裸羔羊》、《擋不住的風情》等等，大力宣傳邱淑貞、翁虹玉女紅星「大膽解放」。當時倒是覺得故事好看，沒有什麼特別慾念，心底真的享受的，是回到學校跟同學分享進了戲院看了限制級的電影，那代表一種行動與經濟上的自主，是青春期男孩足以炫耀的抽象本錢。

男孩聚在一起，幾句話就可以叛逆。嚴格的私校規則，也擋不住隨性。周六下午的自習課，我和幾個朋友常常趁老師轉頭或是離開，拎著書包從教室後面跑出去，頭也不回狂奔直到離開大門。但是真要去哪裡？誰也沒有主意。有個朋友家裡經營酪農場，位在太保交流道下，沒地方去，我們就去他家農場。騎著他家的摩托車，在鄉間小路闖蕩，沒有安全帽，但三分頭也無法有飄揚的髮絲。那些乳牛在柵欄裡隨意走著，有些被關在籠子裡。我們斜揹書包，踏過牛屎與乾草，試著去摸牠們，看著牠們在柵欄裡快步奔走。有時候同學的父親會在，沒有問我們怎麼沒有去自習，反而倒了幾杯牛乳給我們喝，最新鮮的，他給我們時總是會特別強調。

一年後，到了選擇聯考考區的當下，父親有意要我直升高中部，直接住校，我不肯，堅持要回高雄。他順我意，我很高興可以回去熟悉的環境，嘉義生活像是岔出的故事，但現在電影終於要接上主線了。當時是那樣興奮，想把嘉義的一切拋在身後，但如今想來，我的青春期卻都是被這些無預期的事件所填滿，嘉義的街頭，高速公路下餵牛，一部又一部的電影。那些偷來的自由。

世紀末

上世紀末，我在花蓮。

那時倒數跨年的風氣狂掃小島，到處都在舉辦跨年晚會，連這座東部小城，都架起好幾處舞臺，歌舞音樂歡樂著。過了十點之後往往就安靜的城，突然躁了起來。不論臺上的藝人是誰，唱的是哪首歌曲，主持人高分貝喊叫與底下的觀眾互動；但這城有限的人群已被四散的舞臺稀釋，得到的反應零落，音響聲掩蓋了尷尬，這些表演像是平常廟口演出，無關乎新世紀。

在世紀末的最後一小時，我到了自由街南京街搭起的舞臺下。臺上是一位女藝人，唱著有怪獸飛起來，底下的男粉絲跟著大叫，她大聲說著希望大家支持，完成她買房子的夢想。在這島嶼邊緣的小城裡，突然來了一個當紅藝人，大家熱情地喊著她的名字，似乎等一下倒數之後，世界就真的不一樣了。

鬧哄哄的氣氛之下，我想到的，卻是四十分鐘車程的太魯閣國家公園。

那裡的夜，靜且黑。偶爾假日時，會穿上義務解說員的制服，到峽谷裡幾個景點駐站。執勤之前，我特別珍惜住在宿舍的時光。走出房門，在山腳下，天是沉沉的黑，星星很密，排出山谷的形狀。立霧溪口的流水聲，包圍了往來流動的車燈。宿舍裡沒幾個人，沒有誰串誰門子，鵝黃光籠罩擺設簡單的房間，在那樣寧靜的當下，有提筆想寫些什麼的慾望。

世紀末來到東部，見證了一場快速的城市變遷。剛到前幾年，描述這座城市的句子，仍是以「沒有」為開頭。沒有7-11，沒有首輪電影院，沒有家樂福。沒有那些在成長過程習以為常的東西。整座城市充滿一種懷舊感，那是六、七〇年代的氛圍，圍繞我的是在電影上才能見到的過往風景。然而，「沒有」卻讓這城市的一切變得獨一無二，沒有一家店複製另外一家店，沒有這處與那處相同。這座城，因為沒有而顯得獨特。

幾年後，這城開始什麼都有，那些熟悉的事物慢慢在小城的街頭立起。電影院不能使用五十元一張的優待皆券，新式的座椅與螢幕淘汰了吱嘎作響的老木椅，電腦列印出的電影票取代了用紅色簽字筆寫上座位時間的紅色票券，還有連鎖超商的進駐，大夥一窩蜂跑去買大亨堡關東煮，多了一處夜遊的休憩地。從視覺到味覺，這城市的感官極快地趕上了山的另一頭，從一個時區換成了另一個，其中的時差不是夜不成眠，而是在不經意時，會覺得自己與身邊這一切都格格不入。

世紀末的我，在這座城完成了第一篇小說。那時電腦還不普及，帶著一疊稿子到速食店或是圖書館（咖啡館對那時候的大學生太過於奢侈），一筆一筆，有一種四處為文的漂泊感。剛開始字體還算娟秀，一筆一畫清楚，到後來稿子上幾乎是塗抹的符號，整個故事走到一發不可收拾的境界，似乎那些被刪除的，才是故事的原貌。所有情節都成謎。

為了給小說有個「清楚」的面貌，到朋友家借了電腦，一字一字打著，不熟悉鍵盤位置，又得認讀那些潦草的字跡，進度緩慢，故事裡的角色像進行慢動作，配合我，癡癡等著下一個指令。漫長過程，感受的是不見底的時間焦慮，但我想這焦慮朋友更能體會，在打地鋪借用三天電腦之後，他終於委婉地表示我該走了。不管故事走到哪裡。

那篇小說後來還是穩穩整整地列印了出來，在截稿前寄出了參加全臺灣第一個以同志為主題的短篇小說比賽，雖然沒有得獎，卻也出版了。看到創作印在書裡固然興奮，但意外感受到卻是郵寄自己作品的快感。身處後山，一切都是理所當然的遙遠，所有事情都若即若離。那似乎是寫作最好的狀態。整個世界是郵局窗口，每次寄出作品，就好像是向外面通風報信，發出微弱的訊號，對於那些所謂的文學世界試探風聲。

那手寫稿現在不知道丟到哪裡去了，一萬元小說稿酬支票也從來沒有兌現。當時覺得是筆大錢，特別珍惜，收在抽屜深處，有天要找卻不見了。永遠領不到稿酬，對寫作似乎是一種預言，但當時什麼都不知道。那寫有小說的稿紙本，還有許多未完的故事，如今想來，最惋惜的倒不是那小說手稿，而是那些未竟的角色與情節，那些只能在那時迸發而生出的故事，沒有尋回的可能了。

第一篇比較像樣的散文也在那時完成，內容早忘了，名字卻還記得：「大水螞蟻來的那一天」。那一回，島嶼東部異常風雨維持了幾天，夜裡，整座城都被大水螞蟻給占據，那些螞蟻扭動身軀，在路燈下拚命拍打翅膀，地上水窪漂浮著牠們的屍體，失了翅的則沒有方向到處爬著。回到自己的租屋，舊式的木窗縫隙大，玻璃的另一端螞蟻死命地嘗試鑽進來，成功的已經在書桌上胡亂跑著，留著翅膀的則撞擊天花板的日光燈，啪啪啪，啪啪啪。關上燈，透過閃過的雷電，看著這些螞蟻在玻璃上擠著。莫名的恐慌。腦子突然冒出海洋突然升起高浪，捲走一切的驚險畫面，尤其是在深夜裡，當海浪與夜色混雜成一體。

這篇文章後來也去參加某個比賽，但沒下文，用電腦打成的文件，跟遺失的稿子一樣，幾次程式更新之後就再也找不著。現在記著的，是寫著文章時，瀰漫身邊世紀末的不安。一九九九年，世界充滿毀滅預言，島嶼的另一頭，剛經歷了七級以上的大地震，那天晚上，小城也感到那晃動，人群躲在街頭，手足無措的不知該進屋還是等著。那時我們都不知道山的另一頭正經歷一場劫難，街頭的人談起了有多久沒有大地震，恐懼著傳說中的毀滅就要來了。大雨裡慌亂四竄的大水螞蟻似乎是一種警告，所有對世紀末的抵擋都是無效。

新世紀之前紛紛擾擾，所有人害怕一夜之間，世界會失常，時間從西元兩千年回到了一九〇〇。原來未來只是一場過去。越是這樣的時候，卻越覺得自己幸運，此時在海洋之濱寫作，島嶼的邊緣感不是遺棄，反倒成就創作的恣意。很多時候，寫作只是口頭說說，拿著一支筆一張紙，就說自己做著正經事。但其實只是騎上車，往南濱公園駛去，坐在斜坡上看著深深太平洋和幾乎靜止的貨運船，卻在不經意時駛進了花蓮港。想摸一下海水，鑽進消坡塊迷宮，在空隙間找路。延伸出去的海平面，是太陽升起的地方，從小到大在課本裡讀的太陽下山，在這裡成立了。在太陽升起與下山之間，隔著一塊小平地，整座城像是擠出來的一塊地，撐出的一口氣。

彷彿寫作，靠著那一塊地那一點氣。

世紀末的最後一夜，我仍沒讓日子過得特別，早早騎車離開。回家之後卻遲遲睡不著，期待著跨越世紀的那一刻，會發生什麼奇怪的事。打電話給北部的朋友，另一頭竟傳來充滿睡意的聲音，世紀交接之夜，他依舊十點多就上床睡覺，沒讓任何時間打亂自己的生活節奏。在睡與不睡之間，外頭隱約聽見跨年晚會傳來的聲音，興奮的情緒越近午夜越高漲，我等著，然後聽見倒數，歡呼，還有突然連發的煙火與鞭炮，我祝賀自己新年快樂，然後關了燈，緊接著倒數的，是自己與這座城剩餘的相處時間。半年之後我們將對彼此說再見。

在新的世紀。

衣櫃：母後一年

1

至今屋裡還有四、五個衣櫃，裡頭裝滿了母親剩下來的衣服，從絲綢連身長裙到厚重的毛衣外套，回憶著她年輕柳腰細臂的窈窕，也記錄下病後失序發福的身形。拉開拉鍊，一股濃重的樟腦味撲鼻而來，十來顆樟腦丸蟄伏在灰褐色的木板上，像群機警的青蛙，吐舌除去不該出現的蛀蟲。衣服藉著這層保護，保存大致完整，除了衣飾花紋燙金鈕釦，經不起時間沖刷，褪色，失去光采。

在只剩下三個人的家裡，本來就不大的客廳還放著這麼多衣櫃，的確是件突兀的事。這些衣櫃，彷彿成了母親的替身，像個女主人天天守在家。待在客廳，隱隱還能聞到母親身上特殊的味道，那是久病纏身，西藥中藥混雜的藥丸味，如猛一開漂白水罐，那種由內竄出的刺鼻澀味。父親說是因為樟腦味過重的關係，我卻不這麼認為，我想是因為失去主人的衣服依舊眷戀母親，它們選擇集體發散母親的味道，來回憶她。

我會如此相信，是因為母親也曾那麼眷戀它們。

2

母親「做對年」那天，我從他方坐夜車趕回。

到家時，祭壇準備完畢，前來祭奠的親人並不多，幾幢人影隨著燭光搖曳，在靈堂前的牆壁上舞成怪異圖樣。

大家閒聊幾句，等候師父敲木魚誦經。

師父處理完牲果之事，披上黃袍，父親分發清香炷炷，親戚朋友對著靈堂排成兩列，隨師父誦經聲一起參拜，向母親的靈座，佇立，兩手清香，一拜。

地藏王普渡眾生經。藥師菩薩感念昇化經。搖鈴聲清脆。師父沒有抑揚頓挫單一音調。經書翻頁聲沙沙。一聲木魚，師父鞠躬一揖。我們又一拜。

母親也在看著大家。照片裡的她兩眼炯炯俯瞰整個儀式，她也想看看大家一年來的改變，出神望向母親，除了臉上蒙了厚厚一層香灰外，沒什麼變化。當我低頭，嘗試在腦子裡搜索她殘餘的形象時，才發覺記憶裡她的影像，正以一種停格的方式留駐。母親，已然成為雕像，不再改變。

時間一年一年過，她將永遠停在四十八歲那年。

祭拜儀式的規律如鐘擺，一節扣著一節。誦經完後我拿起母親的靈牌往屋外走去，等著我們的是一櫃櫃紙錢，分別貼上我、姊姊及所有堂兄弟名字的封條，準備寄往另一個世界，聊表晚輩心意。伯母嬸嬸則從衣櫃裡挑出一些母親愛穿的衣服，待會一起燒給母親。我拿著靈牌，仿若抱著母親，細細思索她生前的樣子，卻被牆上那張照片給箍鎖，閉眼，母親的形象竟單一，照片裡三十八歲的她抿住嘴角，微微皺眉的笑。我驚覺，在心底母親原本生動的樣子，剝落甚矣。

誦經聲如一年前，連執誦鈴者都是告別式請來的師父，我們繞著滿堆金紙，走的路徑仍是相同。他一來便熟稔向我們打招呼，舊識老友似地問大家最近如何。在母親四十九歲的那一年，我以為一切會如波浪驟升般劇烈改變，結果沒有。

這一年，我們一家生活依舊，母親病時就鮮少打理家務，煮飯洗衣都靠父親。這一年來，父親除了少洗一人份的衣服，少煮一人份的飯外，工作如常。而我以為我會因母喪而有所改變，但並非如此，想藉著一種生活或個性上的永久變動來悼念她，才發現所有變動都只因時間使然，時間到了，就該是什麼了。

朋友說我念舊，總愛追憶往事。其實我對一件事的懷念期，只有一年。一年前的事物對我而言，都是有溫度的、活著的，可以任意擷取咀嚼，所以，我喜歡說一年前的現在如何如何；可若超過了一年保固期，那熱騰騰的回憶都會降溫，被別的東西取代。

生活瑣事來去交迭，我不以為意，但對於母親，我力挽狂瀾想追錄她生前點滴，可持續下降的記憶溫度，讓我升起一股罪惡感。

師父點燃所有的金紙，火舌貪婪攻食，一張張吞噬，碰到母親尼龍質料的衣服，發出波波聲，像是吃到刺舌之物，哀哀叫疼。火焰越來越大，溫度升高，大家向後退幾步，走繞的圈子擴大了。

我嘗試讓有母親的回憶維持在一個溫度，預防被生活日復一日不變的假象給沖刷。但當我越注意這件事，它越被清楚提醒。在街上，我常不經意盯著與母親輪廓相當的老婦看，然後想，母親年老時是不是也是這樣，雙頰下垂，紋路滿布，兩眼無神，飽滿福態，這樣的想像雖然感傷，對我竟是一種幸福。

有時，我走近母親的梳妝檯，幾乎清空的桌面，仍有幾罐她生前所用的保養品。病後母親面容憔悴，不再保養，唯一還擦的是一種叫做「今日美霜」的面霜，出門前總會抹上，讓自己看來還有女人味。殘存的那幾罐，大部分未拆封，只有一罐用了些。我曾塗抹在臉上，卻被化學香味刺激得直打噴嚏。對於日漸褪去的美貌，母親仍試圖用這罐小小的面霜挽救，不斷保留「今日」，而我腦子裡她那日漸消逝的形象，要拿什麼來維持？

灰燼燒盡，師父誦聲息，我拿著一壺水在香灰堆旁繞了三圈，再一路澆回門口，象徵這些金紙是我們一家人燒給母親的，孤魂野鬼不能取。

拿著空水壺，一行人跟在師父後面，雙手合十步回靈堂，然而，這次的祭拜，母親在回程缺了席。師父說，母親的名字已寫入祖宗牌位，以後跟祖先一起祭拜即可。這個以金紙為底，白紙包木片為牌碑的靈座只用一年，在剛剛金紙燃燒熾旺之時，已被丟入其中，頓時成灰一片。

3

母親蓋棺等著火葬。雖然現場工作人員會在結束後打電話通知家屬領取骨灰，但我和姊姊還是堅持留在現場。

編號七的母親，靜靜躺在鐵架上，上面披著一張阿姨求來，經法鼓山師父加持過，印有佛祖像的黃巾，準備進火爐，葬化。

母親於十點左右進去，工作人員架好棺木，連鐵架一同推入火爐。其實只是一下子，但在我眼裡，母親卻是以極為緩慢而優雅的姿態，步步推進，一吋一吋。先是腳、膝蓋、大腿、私處、腹部、胸部、雙手、唇、鼻、耳、眼、頭，末了是她略捲的髮絲，之後就什麼都沒有了。

母親出來的樣子至今仍會使我於夢中驚醒。十分鐘後，棺木成灰，鐵架上肢體、頭蓋白骨散落四處，母親被肢解地曝在陽光下。一旁有人觀看，我想趕走他們，留給母親最後完美的形象，畢竟她也曾風華過，美麗過，但我沒這麼做，尤其當身邊有人嚎啕，我只能把所有氣力，用來忍住要落下的眼淚。

工作人員執起鐵夾，俐落地將母親的骨頭一塊塊拾進鋁盆，對我們說，母親燒得很美，骨頭遺留完整，尤其是頭蓋骨的部分，他還說，有人燒完之後骨頭碎成一片，想撿都很難。接著，他拿出一支形如搗樁的木頭，將盆裡骨頭敲碎。心中一凜，過去相處歲月在一次次重擊後變得恍惚而不實際，有那麼一刻，我竟不能接受自己曾在這樣的母體裡泅游，她曾日夜供給我養分，藉由一條臍帶互通彼此。搗聲清脆，震耳隆隆，我希望這堆白骨能夠重組肉體，然而事與願違，那老伯手勁穩健，不一會白骨成灰，被倒入骨灰罈，用未破壞的頭蓋骨蓋著。最後一步，他閉上蓋子，而母親的照片，還在熠熠罈外一角，微笑。

有段時間我常看母親的照片懷疑，她曾經存在過嗎？她的笑好熟悉，卻又抓不著。這種疑慮總被姊姊責罵。我想起母親的病歷表，這一年來它們是怎麼過的？還在傻傻等著主人到來，盼望被取出？一年前，母親幾乎天天到不同醫院診所報到，那一張張病歷成倍數增加，尤其在母親癌症後遺症發作後，一張張病歷已疊合成一冊冊厚厚的醫學資料，在分隔櫃中沉甸甸很有分量。

我很少與母親一同就醫。一回，父親要我隨母親到看診室，她一見到醫生，一向無力的神情竟活了起來，但那樣的活力教人心酸。母親一手抓著醫生，一手在喉嚨鼻子額頭間游移，直道這裡痛那裡痛，表情焦躁，要醫生相救。醫生和父親一直安撫，她的情緒才能平穩，靜靜聽話。我不知道醫生說了什麼，我只跟父親說要上廁所，一轉身離開診室，鼻子一酸，眼前模糊。

如今母親的身分證已銷毀，戶口名簿上也找不到她的名字。我喜歡舊式的戶口名簿，離開的人頂多被劃個叉叉，資料仍在；新式戶口名簿電腦製作精美，但當一個人離開了這個家，就從此消失了，不留紀錄和曾經。

一度，我有個衝動，想要回母親所有的病歷表，擺它們在家裡，畢竟這些病歷都是母親活過的證明。當然，我無法實行，這想法永遠都只能是個衝動，除非這些證明被丟棄，不然，所要面對的等待，也會是遙遙無期。

4

母親重病在家休養之際，連洗碗的力氣都沒有了，平常除了擦擦桌子玻璃外，最常做的一件事，就是整理衣櫃。

母親不是個喜歡買衣服的人，大部分的衣服都是阿姨和朋友送的。她沒過過什麼好日子，買衣服是種奢侈，年輕時當小姐愛美，看別人穿新樣式的流行服飾心底羨慕，但替人煮飯做手工的薪水微薄，加上一半必須寄回家，所剩寥寥無幾，花錢置裝是夢想。母親說過，逛街時，她經常望著櫥窗裡的衣服發呆，不論是閃閃發亮的鑲金蕾絲細紗裙，還是當時風靡全臺的喇叭牛仔褲，她總是用想像力將自己打扮得漂漂亮亮，然後回到宿舍高興老半天。

因此，母親成為一個不願隨意丟棄衣服的人。親戚朋友送衣服來，她來者不拒，悉心燙整摺疊，放進衣櫃像寶物一樣。家裡空間有限，但衣櫃卻占了不少地方，父親抱怨要母親丟掉一些，或送到舊衣回收中心，母親始終不肯，嚷嚷捨不得。

許多衣服因母親發福的身材，成為純粹的欣賞品了，母親穿不下，也丟不去，這些衣服是她生命歷程的紀念，尤其病後失去工作能力，需要有人整日照料，她更依戀這些衣服。個性倔強的她常感傷自己什麼事都做不了，難過之際，她習慣打開衣櫃，將衣服一件件拿出來數了又數，折了又折，只有這個王國還屬於自己，這些臣子仍依附她。

有一陣，母親向父親反應衣服件數減少，她懷疑是每天照顧她的嬸嬸偷拿，我和父親只認為母親病昏了頭，畢竟有誰會去拿她衣服呢？當時覺得荒謬，現在卻特別感傷，那時的母親離離世已不遠，也許她有預感，於是更執著在意，想牢牢抓住一切重視的。從外地返家，她堅持要我陪她一起整理衣服，一件件介紹它們的來龍去脈。人在離去前總會緊緊抓住某些物品，來證明自己的存在與對現實的不捨。然而當時我們不懂，想不透母親為何那麼執著這些衣物，其實她執著的不止是衣服，還有我們。

她不想放手。

但還是放了手。

一天凌晨，醫生淡淡問我們一句：「還要再試嗎？」躺在床上的母親，兩眼翻白看著天花板，呼吸急促，機器螢幕上心跳數不斷下降。注射化學藥劑讓她嘴裡全破洞，血汩汩從嘴角流出，呼吸管插入，弱紅雙唇趨為紫白，滿臉皺紋的她，失去說話的能力，連睜眼都吃力。一陣沉默，父親發聲：「這樣就好了！」叫了臺救護車，一路從高雄飆回嘉義老家。我坐在舅舅的車上，盯著前頭一路呼嘯的車影，雙眼朦朧。恍惚中，自己彷彿成為衣櫃裡的一員，盤踞底層，被安穩的摺疊收好，渴望主人撫摸。只要再一次就好，哪怕只是輕輕拿起來，拍拍灰塵也感到幸福。不過，滿屋的誦經聲及裊裊香煙告訴我，主人發紫的身軀，再也起不來了。

母親離開病房時眼角滲出一滴眼淚，我偷偷將它拭去。她知道了，所有人慌忙的神情及不安的情緒她都感覺到了，可是離去的時刻就在眼前，她連說句再見的機會及能力都沒，只能無力地任大家從一個擔架移到另一個，一路送回家，斷氣。跟在救護車上的姊姊說母親離去前眼睛睜得老大，兩顆眼珠咕嚕轉動，不停看著父親和姊姊，她用剩餘的力氣記錄家人的身影，遺憾我不在身邊。

我仍能感覺到，那天，父親叫我去辦出院手續時腳步的蹣跚與沉重，天空尚是一片黑，值班小姐快速處理完文件，我沒勇氣走回病房。大家都在等，等著這張離院證明好讓母親回家去，但我卻步，我的每一步都是說不出的道別，但夜裡醫院過於靜默，所有再見還來不及發聲，就被吞沒在時間的夾縫裡，無聲。

5

如今，我嘗試記錄這一切，筆下越是清晰的描述，記憶卻越是模糊。我是個拼圖選手，比賽即終，完整的畫面呼之欲出，我奮力加快速度，碎片密密麻麻散落四處，卻總缺少那關鍵的一兩塊。（什麼時候消失的呢？）

於是我抬頭，遙望窗外藍得徹底的天空，回想這一年，伸手觸摸時間的感覺。彷彿有花香。一年過了又一年，時間依舊定律般執行，只是，過了這一年，我就再也不能說，一年前的現在，我跟她說過話，還看過她。

煮食：母後二十年

母親離開已經二十年了。她剛走前幾年，很少夢到她，總覺得她應該還想說些什麼，卻沒法知道了。這個疑惑一直放在心裡好幾年，像什麼該完未完的任務，過了時也不知該如何收尾。但或許就是完結的樣貌，只是一直沒接受。

對我來說，最能深刻感受死亡與分離的現實，不在於觸碰到親人冰冷的身軀，而是接受聽不見說不到的永久。換算母親離開的時間，我的方式不是牢記忌日，而是跟自己說：「一年前的現在，我還跟她說過話，我還聽過她」、「兩年前的現在，我還跟她說過話，我還聽過她……」這樣年復一年，年復一年，轉眼二十年，早忘了說過什麼聽過什麼，但只要不斷這樣的提醒，時間彷彿就能在倒轉中進行。當然，這方式並非為了沉溺過往，只是延緩過往的聲音被淘洗的速度。

在這個時候，母親似乎回來了。在異地的十年裡，母親不時會到我夢裡，有時真實得像她從來沒有離去過，她的樣貌停在離開的那一刻，有時又像是一部電視影片，我觀看的不是自己的母親，而是一個扮演著她的演員。夢裡的內容睡醒後都記不住了，這種遺忘帶著一點愧疚，以為是自己的母親，理所當然能戰勝夢的模糊，沒想到竟和其他夢境一樣，醒來只剩感覺。

那是什麼感覺呢？當我認真思索，在沒有情節與故事的夢中，母親是一個突然的存在。夢裡的我，每次看到她安然坐著站著，總會一陣驚訝，妳不是已經走了嗎？在非夢似夢的時空裡，總有個醒著的意識提示自己面前發生的事：這不可能是真，但又讓劇情繼續。那些場景無聲無息，母親的話聽不清楚，我們處在真空中，即使夢是部動作片，但仍緩緩的，所有奔跑與閃躲都急不起來，彷彿那麼多年的空白，只能靠某些特效來填補。

母親離開前病重的樣子，並未過渡到我的夢裡來。她的存在並不柔弱與無助，在夢裡很多時候，是我向她訴說什麼，求助什麼。她會用行動來回應我，是我尚未成年時我們的互動模式。頓時，我過時的身軀，似乎包覆著多餘的情緒在裡頭，而母親走越遠，卻越來越年輕了，我們在年齡上越拉越開，這樣下去，總有一刻會回到她不識我，我不識她的生命狀態。

母親給我有活力之感，總是與煮食有關。曾在別人家裡幫傭過，煮食是她從小就養就的技藝。小時候我喜歡跟她去逛傳統市場，母親在攤販占據的一區方格裡總是很清楚往哪裡走。小村市場攤位磁磚純白帶著灰，水泥地板長年潮濕，沒鋪設磁磚，人來人去腳步踐踏地上的蔬菜碎肉，整個地面積上一層厚厚的灰塵，走起路來有些沾黏。整座市場充滿著食材混雜的氣味，跟攤販的叫賣聲攪成一塊，感官也分不清的分界。

母親會抓著我，在這些攤位繞著。母親神采奕奕的跟攤販老闆們打招呼，熟稔地說著那些食材名詞，還有一來一往的討價還價，偶爾老闆們會說，妳兒子那麼大啦，那時我的身高才超過攤位展示臺一點點，還是黏答答的地板離我最近。母親偶爾會把綠色塑膠菜籃交給我，我兩手提，那姿勢有點狼狽，但很有參與感，看著不斷丟入的青蔥，豬肉，海鮮，水果，我揮打著飛過來的蒼蠅，保持食物的乾淨，直到重到提不動，她便會接手過去，那一瞬間，感覺母親十分有力氣。

成長的過程裡，只要看到母親在廚房裡忙碌，便知道不久可見一桌好料。母親對於煮食總不隨便，我阿姨常說，母親不太懂家常菜與宴客菜的差別，在廚房一忙就是一兩個小時，端出一道又一道精緻的料理，就連食材的花費都不手軟。一直以來，我以為任何母親便應該跟我母親一樣，每日煮食的菜餚就該是這樣，一桌紅綠黃肉食蔬菜外加湯，晚餐絕對是豐盛，全家人圍著分享，以至於長大後每當有朋友說自己的母親煮東西不好吃，甚至不煮食，我都很驚訝。

每日滿桌繽紛，因當時的理所當然，不曾好好去記憶菜色，腦子裡印象最深刻的，竟是母親生病後燒出的黑色菜餚。那是高三外宿後某次周末回家的一次晚餐，一樣在流理臺前忙前忙後的母親，端出的並非熟悉的色澤，桌上的家常菜一盤比一盤還深。面對如此菜色，我一時不知該如何開始，但母親不以為意，自然地將這些不知是加了過多醬料，還是已過期的食物吃下口，我嘗了幾口，但味道實在怪異，向母親詢問這些東西是不是已經腐壞了，她直說沒有，還說最近去了什麼大型超市，買了什麼食材回來料理。

飯後打開冰箱，裡頭幾乎塞滿了食材：冷凍庫裡是各種肉塊與肉片，冷藏櫃久置蔬果與隔夜菜味道混雜在一起，撲鼻的是一陣微微的腐酸味。拿起許多罐頭與調味料，早已過了有效期限，但只用了一些所以母親不願丟棄，喃喃著一直冰著沒有什麼問題，那些蔬果也是，她說還可以吃，不用急著丟。

如今想來，那一桌失控的菜餚代表的不是母親手藝的退步，而是她生活不適的味覺反撲。那時我們搬到高雄某工業區旁的住宅區沒幾年，公車班次一天僅有五六，沒有交通工具，整個人就像被關在這個不時能聞到工業廢氣的小村裡。母親成天在家，知心的朋友居住在一小時以外車程的地方，整天面對寧靜無人的房子，封閉日子和心靈狀態，加劇了她對生活的不安全感，加上家裡不穩定的經濟狀況，因治療癌症而日益虛弱的身子，種種因素讓她這樣一個從小常年在外，想要工作的家庭主婦，在身體與情緒上都失了序。

父親說起母親患有躁鬱症的跡象，也顯現在煮食上。父親出外做生意到一半，常會被母親喚回，電話那頭的母親口氣急迫，晚上要做菜的食材哪裡少了，必須馬上買到。那激動的情緒讓父親無法招架，中斷行程趕回家，帶母親到市區大賣場購物。這樣千里迢迢，母親可能也只是簡單購買幾樣，回程時父親會叨念幾句，簡單煮食就好，處理附近雜貨店就可以取得的食材，為什麼要那麼大費周章？

在異地的這幾年，我開始自己煮食，留學的生活多半是簡單而封閉的，大部分的時間都用來面對自己與抽象高深的知識。母親這時候來到夢中，我似乎能體會，在寫不出的論文與讀不完的理論書裡，吃食成為唯一正當的理由，讓自己脫離全然封閉的狀態。在流理臺前，我自然不如母親那麼熟稔地處理食材調味與烹煮，倚賴食譜與（教學）影片的我，把自己完全放在醬油鹽糖醋蔬菜肉品當中，腦子只在意那多少毫升的水，幾分鐘的大火。這些專注的片刻，卻是自我精神徹底放鬆的時候。煮食成為生活重要大事，任何不足都特別敏感，少了什麼粉，少了什麼菜，本來是可大可小的生活插曲，都成為不得不處理的緊急事件。

當我站在流理臺前，做菜的時間從半小時到兩個小時，母親的身影似乎也在我身軀裡慢慢擴張。我阿姨說，母親病情惡化之前，待在廚房的時間越來越長，勸她不要一直掛念廚房，簡單做菜即可，但母親總不聽。這是她唯一能主導的生活環節，可以喚回先生，讓孩子安心在家的理由。但總會有一刻，母親無法負荷所有的情緒，如同堆積如山的蔬果肉類，再冷再大的冰箱，都無法永遠維持食物的新鮮。她懂得的處理的方式，就是將所有的東西都一起雜煮，再端出一盤盤失控的視覺與味覺。這是她生活最鮮明的寫照。吃與煮為了不是飽食，而是證明更多的飢餓，無法輕易地填飽。

對於母親的熟練手藝記不住，我同樣感到愧疚。時間越拉越長，味覺不是記憶的引子，那些慌張與無助的鍋碗湯瓢，才是烹煮這些年回憶的主要器具。當我替自己端出一道道菜，我料理的，似乎是母親最後的遺憾，我記著，在出現越來越多失控的料理後，她總會問：這道菜好吃嗎？難以誠實的題目。後來，她的躁鬱症越來越嚴重，我們之間的關係也越來越差，周末返家，就算冰箱堆滿食物，她仍叫我去買外食，我問她為什麼不煮。她只是淡淡的說，不煮了，煮了也沒什麼人吃。

一句話過了，就二十年。

如今我和母親相隔的，只剩時間的距離，再過幾年，我將超越她離開的年紀。當我享受煮食，急著將自己的菜餚拍照傳上網讓人點讚，或許也是為時間另一頭的她開一個連結，她的世界不只是廚房，還有一個更遙遠不確切的現在。這幾年我在夢裡見到她，她雖然沒說，在無聲的空間裡，我們沉默，但我總是知道她抵達的理由。

【與B通信2】

親愛的B，昨日的健身房更衣室裡，我看見了希臘神話的納西瑟斯（Narcissus）。

年輕男孩，衣櫃前，一絲不掛，浴巾落地，如腳邊摺皺草堆。對我與朋友的突然出現，完全不在意，他對著鏡子，不是檢查健身後肌肉線條是否更明顯，說實在話那男孩並沒有什麼壯碩肌肉，但那眼神帶著欣賞與歡喜，與鏡中的另一個自己相望時似乎激發了燦爛火花。年輕的身軀帶著渾厚健美感，如沒有紋路的陶瓷品，散發著怎麼訓練都訓練不出的自然光澤。

男孩在這一刻忘記了他人，深深地愛上自己，即使只有短暫的幾分鐘，甚至青春的幾年。又會不會他真願意變成一株水仙，停駐一切，有一天凋謝但總會再生。親愛的B，七、八年前，臺北的健身房如雨後春筍一家開了一家，去健身房成為一種全民運動。我也趕上熱潮報名，在琳瑯滿目的健身器材穿梭，那時的我還在上班，運動的次數並不多，大多時候只是游泳或到三溫暖去逼自己流流汗，或是悶在蒸氣房裡，讓全身發燙，排出體內毒素。

健身房更衣室，一直是我不自在的所在。我不習慣在大家面前赤裸，甚至是一條內褲也無法。中學時上體育課，全班同學都在教室裡換衣服，下課只有十分鐘，考慮著要不要脫衣服就花了五分鐘，後來跟同學說要去上廁所，順道帶著衣服去換，一回教室，反受到狠狠譏笑，這是很愚蠢的行為：「大家都是男生，長得都一樣，脫光光有什麼關係，有什麼好看的。」

一直到現在，我仍無法完全接受這種說法。當然經歷當兵、與人一同泡溫泉等經驗多了，對於與他人全裸共室這事，也不如從前那麼強烈排斥。但我心底一直很清楚，每當我必須與他人全裸，總有個聲音喊著：沒關係，沒關係。不過，越是這樣喊著，越是知道有關係。

到健身房的人們，儘管在異國，似乎仍是同種感覺：鍛鍊自己，維持健康。但在赤條條的空間裡，似乎無法妄下定論地說大家長得都一樣。年輕人獨來獨往，帶著一身筋肉自信走著，五、六十歲的男人們，自然而然聚為一個族群，某區的置物櫃成為他們的盤踞地。毛髮的疏密肌肉的健壯皮膚的紋路都表露出身體的差異。親愛的B，我必須坦承，我並不愛自己的身體，有多少次，我與你抱怨過日漸隆起的小腹，纏身的腰側肉，還有擴大的雙頰。健身房似乎成為戰場，是自己的身體與自己的身體的爭鬥過程，為了一吋或一公斤精心計較。更衣室的裸裎，則是一種無戰爭的模糊地帶，是壕溝的位置，或是大後方的休憩地；但我總抓不到準確感覺，每當有人走過，我神情緊張不自然，難道是敵人入侵，這樣問自己之時，又覺得可笑至極。

Ｂ，我們總有很多理由不愛自己，尤其是有形的自己。那些跟著你許久的臉上坑疤的痘疤，你為了擺脫，花了許多金錢與精力，就是想重回到中學時那細白光滑的皮膚狀態。有一天，你卻突然告訴我，你接受了，我以為是放棄了治療，但你說，不，是接受痘疤，你想不通那樣的自己有什麼不好的，你甚至問我，為什麼只能愛沒有痘疤的自己。為什麼對自己還要那麼辛苦，愛自己還要設下那麼多必須條件才行？就是單純愛自己。一句簡單。

親愛的Ｂ，這話讓我思考許久。在更衣室的我不喜歡自己，看到不願接受的身體，更或者，別人看到了我不願呈現的自己。我無法如那年輕男孩，久久在鏡子前對旁人眼光不為所動，他內心的滿足似乎就是那句你說的簡單句。然而，我有時又質疑，也許他總是不滿意自己，終在這一刻成為那個他喜歡的自己，我猛然的風景，只是接近結論。

親愛的Ｂ，我還在學習這些課程，所以報了名，開始自己的健身房生活，從此生活多了一塊新天地可去，多看一處新風景。在他鄉的更衣室，或許擺設沒有什麼大改變，檜木櫃，長鏡，吹風機紙巾擺在桌上。我穿梭櫥櫃間，走進淋浴室，甚至躺在三溫暖外的躺椅上，靜下心來。無論是喜歡自己或是正在成為喜歡的自己，這近似於雞生蛋蛋生雞的問題——親愛的B，這一刻我就先不想了。

輯二　我的身體不是我的身體

醒來

來到美國的第一個星期，我常在半夜醒來，一開始以為是時差，過了幾天就會自己好，但是那樣的狀態卻持續著，像是一種習慣。

應該是幾年前還在德國的時候，就開始睡不安穩，人是躺在床上了，但腦子仍惦記著許多未完成的，所有的人生規劃都遲了，沒一件事情追上的感傷。閉上眼睛，得靠一些無聊的綜藝節目才能睡著，罐頭笑聲，藝人無謂八卦，不用花大腦的主題，是聽了就能忘的聲音。被這些無謂的東西轟炸一陣，緊繃精神突然在一刻鬆懈，一切投降，斷了思考。

那種感覺，類似對抗麻醉。高中時出了車禍，雙邊肩胛骨骨折，必須進行兩次手術。第一次進手術房，看著醫生護士忙，最後只聽到醫生說「進行麻醉」。像一眨眼，父親就忽然出現在旁邊。手術結束了。過程記憶一片空白。第二次手術，要想感受「麻醉」，一聽到醫生說麻醉時，馬上抖擻精神，想用意志力去對抗。就這樣，「麻醉」變得清晰，如一個大毛毯窸窸窣窣從腳底往上爬，慢慢遮蓋感官觸覺，一點一點，微微重量壓在身上，大腿，腰，腹部，胸，吞噬身體器官。血管裡，一股力量往頭頂奔，我深刻感覺到那衝勁，無所忌憚地，突然一刻，那力量擊上了腦子，眼睛一片黑，任何堅持的意志都潰散了，所有的梁柱都軟了，剩下沉沉的睡眠。

綜藝節目笑聲，在腦裡就是晃蕩的麻醉劑，但這些劑量撐不過一個晚上，往往在夜半時分退了，然後就是睜開的雙眼。不過，我不像專家所建議的，夜半醒來最好讓自己馬上重回睡眠，我起身，看著外頭一片漆黑，沒有聲音，讓自己沉浸在異地之感。那一刻，感官打開了，不是焦慮，而是興奮。整個現在只有我是行動的，星星與外面的樹，都是那麼沉默。我打開電腦，寫幾個字，在時差之間，預支另一個時區，鵝黃色的燈光下，打出來的字似也有打呼的樣子，不用管可不可以被使用與閱讀，這一刻它們重要的是出現。

美國租賃房子隔音不好，走在地板上就是呀呀作響，三點多醒來時，總得躡手躡腳，怕吵到隔壁室友。隔音不好的空間裡，我們不經意分享了彼此的生活，他與女朋友的交談，在工作上的討論，我沒用心聽，但是隻字片語，也成了日常的聲響。我鮮少在房間裡說話，人跟人的距離我十分敏感，即使生活只是破碎的字詞，我也收得隱密。唯獨這些行動上的噪音，是收納不了的突兀聲響，我一步一步聽著自己的腳步，過分敏感的，順從夜晚的氣氛。

窗外偶爾見到鹿群，在天空微亮之際，牠們從房屋旁的小山坡的樹叢裡探出頭，左顧右盼，睜大雙眼現出身影，聚在停車場的草地上吃草，一隻兩隻三隻，然後結夥往另一頭走去。牠們的耳朵時時刻刻接收不同的聲音，突然抬起頭，望向聲音的方向，眼睛眨也不眨。靜止的狀態是夜醒之人另一種樣貌。四處的聲音變得敏感，這些聲響可以成形，在黑暗上延伸著，拉著醒著的物體，置換他們的所在。那些鹿在蒼茫天色下，在柏油路上奔跑著，走過一戶又一戶的庭院，然後又躲進某處叢林。

在能睡的時候，總想醒著，在醒著時候，總想睡著。那種矛盾感，類似於小孩的掙扎。把所有的零用錢拿去買玩具，拿到那一刻，又想跟老闆退貨，把錢要回來。來來回回，怎麼做都不爽快。我也會計算，幾點得再回床上補眠，不然整個早上都會半夢半醒，糢糢糊糊，是預借時間的補償。不過越是這樣想，精神越是亢奮。二次睡眠之前，該把所有事情完結，不帶焦慮回鍋，但是未完總未完，懸宕還是懸宕。

以西方醫學觀點來看，朋友警告我夜裡醒來表示生活過分緊張，有腦神經衰弱的症狀，若以中醫說法，這個時間起來，表示肝不好，精氣運行到此處，身體醒了。用腦傷肝，現在人總是這樣生活，偷渡一點睡眠的時光，被指責是賠上健康。現代的生活，任何一刻被計算著，睡眠也是。窗外有時會閃過車燈，不確定是夜歸還是出發的訊息，在這倚著山丘而建立的社區裡，高高低低駛著，像不穩定的心律器，燈光顯示速度的急迫。我房裡的燈是亮著，是儀器上一個不曾移動的光點，這光點代表多種可能，而我眼中另一個光點，出現在遙遠處。或許在第三者眼中，我們連成了一條線，在空氣裡默默組出了一張圖，身體的呼應。

夜半醒來總不被定義是「真正的醒」，像是庶出的王族，歸不了正。清宮劇為了這個問題吵個不停。好幾個夜晚，我用這幾個小時想到遙遠海的另一端，現在我的位置可以去想太平洋與大西洋兩邊的日子，被世界擠壓變得立體。我也會想到經歷的人事物，轉眼是可以回想的年紀。我很享受這樣的偷偷的想，白天一到，那亮光就不給人這樣的餘裕了。

天天見血

誰也不願走到這一步。每日開始得扎自己一針，看著指尖慢慢冒出血來。有時破口沒有反應，純粹是個安靜的紅點，只好垂手讓臂掌血色往下蔓延，等指尖漲紅後輕輕按壓，終於得來一滴血。

在醫院抽血檢查時，年輕的檢驗師拍打我右手臂，血管輪廓怎麼就是浮不出。我說很難找吧，血管好像埋得很深，好意告知他手腕部分的血管較凸出，他沒理會我建議，要我換左手，依舊大力拍打。針頭最後插進血管，暗紅色液體漸漸充滿針筒。他建議我要多做手臂運動，舉舉啞鈴什麼的，這個年紀的男人血管不應該那麼隱密，皮膚上都看不到。

病痛來的時候，都是接二連三，有大有小。醫生注意飲食的叮嚀還在耳邊，這回又來了什麼要做手臂運動。定期慢跑似乎還不夠，身體總會發出警訊提醒缺了什麼，或是多了什麼。醫生見多了這些過與不及，看著體檢單總能心平氣和，儘管紅字在眼裡怵目驚心，他也只是淡淡的說，血糖太高了，你是外食族吧，那八九不離十，得糖尿病了。斷言不過一分鐘，我還來不及反應，他已開了一星期的藥劑。

某些事難以接受時，首先反應會像滔滔辯士，奮力保衛自己。醫生也清楚。幾天後又回到診療室，拿出檢驗單，想跟醫生再討論。醫生在口罩下的嘴微微抽動。原本只是想量量肝指數怎麼換來如此變異，我把理由都想清楚了，要來指正哪個環節出了錯這檢驗不算數：我吃完飯之後才來抽血，任意測量血糖值超過兩百才能判斷得病，我很不愛吃甜食的……生理的心理的往醫生身上倒，只要他說一聲是的你對了，就可以當做一切都沒發生，明天還是美好的一天。聽我說完，他溫和回應：「當然再進行別的檢驗比較準確，但你飯後血糖太高不太樂觀。」如此理性態度更顯得我無謂反抗。「總之，你還有藥吧，要記得吃。」這話就是說給我的結論了。

深刻感覺到自己身體之時，往往就是出問題之時。以前只知道糖尿病就是小便引來螞蟻爬，沒想到是血的問題。血液裡飄著糖，這畫面一時想不透，閱讀相關的書籍，才明白所有碳水化合物，吃進身體裡都會先轉成葡萄糖被人體吸收，甜食與澱粉尤其嚴重。終於搞懂糖與醣兩字的差別。

每天早上起床，八小時空腹，標準狀態。裝好血糖針，按下去的剎那總會緊張，其實是不怕打針的，但打針的人是自己時卻顯得扭捏。那樣畏畏縮縮，沒對準，痛是痛了，沒戳進肉裡，一滴血也出不來，又得換另一隻手指。等到那一滴血滾滾地停在指頭上，將血糖試紙靠近，像是求神問卜一般求個好數字，證明自己是善良信徒。但這數字往往在善與惡之間掙扎，是否得病成了漂浮的魚膘，等在那裡，卻不希望任何魚上鉤。

等待數字的幾秒鐘內，彷彿面對的是一個不屬於自己的身體。無法控制。那徹底的無力，是病痛最大的威力。認真說來，糖尿病並非病，而是身體起了變化，長期處在高血糖的狀態裡，人體無法負荷。讀了許多說法，其中一種特別有感。人初生靠漁獵而活，幾萬年來，肉食是最主要的能量來源，以農業為主的生活方式其實只有短短幾千年，穀物澱粉甚至甜食成為食物，在人類發展史上是極短的時間，因此，人的身體來不及習慣以糖分為主的運作模式，當大量的糖分進入體內，便無法處理，自然產生問題。要避免這樣的狀態，只有回到原始，盡量以原型食物，肉，蔬菜，水果為主。讓身體找到最熟悉的生存模式。

這種想法，讓我覺得糖尿病也是一種時間錯亂？人體夾在現代與原始之間，外在急於往前，內在急於往後，那飆高的指數，是轉速過快的矛盾寫照。人們忙於創造一個身體不能承受的狀態，但卻停不下來。

對於醫生或營養師來說，這說法未免過於詩意，我自然也不說出口。他們口中，糖尿病分兩種，第一類是天生胰島素分泌功能不健全，第二種即是後天的胰島素抗阻，後者往往是由於內臟脂肪過多，造成胰島素工作效率降低，或是經常吃食高升糖指數食物，血糖過分震盪，這兩種原因造成胰臟過分運作，失去功能，只好任其破壞血管腎臟其他器官。糖尿病的患者，往往苦於高血糖引發的疾病。電視上一個廣告我印象特別深刻，一個小女孩騎著腳踏車，不小心壓到睡眠中阿嬤的腳，突然大聲哭喊，以為阿嬤沒了呼吸。後來阿嬤笑著醒來安慰她，她啜泣說阿嬤怎麼腳沒有反應。這是典型的併發症，末梢血管與神經已被血液裡的糖分給破壞了。

誰都知養生重要，但總在生病之際，才認清再有本錢也有受不了的一刻。現今社會，糖尿病似乎是平常問題，相關資訊書籍電視節目多是討論如何預防治療，但再怎麼平常來到自己身上總不是平常。雖說禍從口出，但禍也從口入，咀嚼都是關鍵。許多報告表示第二型糖尿病是可逆的，生酮飲食也是目前熱門話題，拒絕任何含糖食物，轉而依賴蛋白質與油脂，讓身體重新調節。這說法雖然引起各方爭議，是不是適合每個人還需更多討論。然而，不論怎麼吃怎麼做，身體的疾病都反映出自身不平衡的狀態，參考各家說法，尋求一個自己的處理之道，求得安心是我面對之道。

身為外食者，無法在吃飯時精密計算所有熱量升糖指數，但追求一個基本原則，從蛋白質與蔬菜先吃起，澱粉最後入口，減少分量。小時候總是一口氣把飯與蔬菜扒光，把雞腿排骨放到最後，人生最快樂莫過此時，苦盡甘來；現在相反了，人生到此，就求離苦得樂，大口吃肉大口吃菜先吧。一開始在外面點餐，尤其在自助餐，要求少飯甚至不要飯，都會被報以疑惑眼光，有些店家甚至急忙說，不要飯沒有比較便宜喔，但也有店家非常理解，說著這年頭不要飯的比要飯的多，像是什麼經濟復甦的預言。不太吃澱粉類，老一輩的人也不太理解，有次，父親突然很不滿的說，你為什麼都不吃飯？我說吃飽就好了。不吃飯能吃飽嗎？他很疑惑的看著我。

另一個造成高血糖的原因，便是缺少運動卻不缺壓力。延宕的論文狀態中，壓力是逃不掉的，高壓讓身體持續緊張，血液必須儲備糖分備戰。我常常試著放空自己，在公車上，在座位上，看著天空，讓思緒飛到哪裡去都不管。最重要的，選擇一個能脫離身上所有裝備的運動。唯有游泳。整個空間只剩水、身體和自己，動作只有翻身，踢水，換氣，仰頭。浸泡在斷絕手機網路的念頭裡，耳朵眼睛都斷訊。那些高漲的血糖在身體的喘息中被消耗。

如此一段時間，每日起床仍是忍著一針，那一滴一滴血每日看來都一樣，但裡頭的數字不再浮浮沉沉，持續穩定。身體狀態的改變是看得到的，氣色變好了，身形變瘦了，朋友們總是這樣說。

又過了一段時間，去了大醫院做了詳細檢查。幾周後報告出來，正常血糖指數讓人鬆了一口氣，高血糖的惡夢退去。但醫生口氣仍是嚴肅：「還是要注意，所有事情都是慢慢來的，定期檢查，別等到過了頂，就不必養生直接治療了。」不論養生與治療，其實所做的事都是一樣的，得長期維持一種生活模式，醫生最後叮嚀。這場虛驚到最後，就是啟迪了一個新的生活方式。雖不必天天扎針，癡癡等著那一滴血冒出來，被試驗被擔心被焦慮，但實際上，仍過著那天天見血的生活模式：吃得清淡，多動點，跟壓力共處。

不必見血，好好留在身體裡，每日健康地流。

歪斜

最近發現站立時，身體會自然往左邊傾，尤其是放鬆時，那歪曲的角度特別清楚。

原來我一直歪著身子，所以腳得用力平衡，也才理解到為什麼自己的右腳越來越外八，甚至能一百八十度旋轉，全為了讓身體可以站直往前行。右腳掌越往外，說明身體越往左斜，如同拉扯的情人，雖然是一體，但是骨子裡各走各的。

身體歪不歪，最好的測試方法就是閉著眼睛原地踏步，幾分鐘後，若發現往前，就是骨盆前傾，如果朝左向右，就是骨盆向兩邊歪斜了，當然也可能是脊椎側彎。現在人坐坐躺躺的，大部分的人脊椎都是不直的。

身體歪了，感覺像被某個氣場包圍，然後，左前側發射來一條銀線，是江湖高手擅長的簡單武器，越是輕巧越見功力。這線勾住右半身體，緩緩向前拉；為了反擊，左腳成了抗力軸心，膝蓋挺直，鎖死。打鬥結果，即是左半邊成了身體重心，是彎曲點，成天扭轉，之後或坐或蹲，左下背容易痠痛。

這應是長期蹺腳的後遺症，成天坐著使用電腦，右手向前伸直好幾個小時，右腿跨上左腿，整個人重心左移，完美的扭腰姿勢。身體重量都由左腿承受，一開始感到輕鬆，到後來，其他部位就要付出代價。身體的代償，就是肌肉筋膜的走位，讓人定形成不正常。若說不正常也有過頭，畢竟肌肉筋絡，都是為了適應活動狀態而變動，只是緊繃之後，疼痛與疾病就來了。

躺在床上調整骨盆，最常做的是伸展下背肌運動。屈膝跨腳，然後用雙手把膝蓋往自己的胸前靠。還有一種是腳跟緊靠，腳掌快速往兩邊下上晃動。這個運動讓身體現形。原以為自己是平躺，事實上是歪斜，快速移動腳掌，可以感覺到左背上上下下，無法拉長的左腿，只能以這樣的方式來調適。做著簡單的復健運動，不管怎麼疼，總得堅持站直或躺平，才能讓骨頭與肌肉歸位。

走路時，右腳不自覺往外伸，若姿勢正常，骨盆又不住向左。歪斜的模樣，總要朋友提醒。我常一邊走路，一邊注視自己的身體，當然不是自戀，反倒像幼時玩黏土，那時候手裡的娃娃可以任意旋轉，捏出怪異形狀，展示創意；但現在這娃娃是自己，所有怪異旋轉都禁止，走路就是雙手抓胚，要塑出完整模型。踏出步伐時，從腳底到肩膀，尋找一個適切的軸線，然後沿著這線，平衡的往雙邊發展。街頭是伸展臺，挺胸抬頭，拉長脖子然後放鬆肩膀，世界化成一條直線，小心地走在上面，避免前傾後斜。

久病成良醫，這話是有道理的，自己身體歪著，也會管起別人的姿勢。在街上調整自己的腳，腰，肩膀姿勢時，也會觀察別人的走姿坐姿站姿，暗自評論，那人腳太開，那人駝背，那人有烏龜頸，盤算著他們若不改正，不久後也會開始痠痛。但這種舉動好像是在招喚盟友，確定自己不是孤單。不過，這些人不就是前幾年的我嗎？那時候蹦蹦跳跳的，哪知道身體已歪斜，肌肉開始低聲哀叫？

有時覺得整骨真可媲美迷藥，也能理解為什麼醫生或各類醫療文章呼籲病人別對整骨上了癮。但是當整骨師摸著凸出的骨頭，然後用力一按，接著說「進去了」那一剎那，可謂性愛高潮了。持續拉扯的肌肉，隱隱作痛，幾秒鐘內就「進去了」。躺著時翹起的臀部，一壓全平了。僵硬的肌肉鬆了，走起路來輕盈。身子不歪，要正要直都行，就在那幾天，像是回到了新生兒的狀態，軟綿綿地舒緩。

身體痠痛時，我非常羨慕那幾隻睡在沙發上的貓。牠們蜷著身子一百八十度，看來溫暖自在。醒著時，可以像個特技演員跳來跳去，舔毛洗澡，把腳舉著朝天高，超越人類劈腿的角度。追著逗貓棒，一顆小頭還可以扭到後頭來，身子雖是歪的，但是歪得自在又健康，下一秒可以馬上放鬆，如一灘水灑在地面，鬆垮垮。

在街上，抬頭挺胸走路的人不多，如此挺直過日或許是太辛苦。我總以為世界歪斜總是有趣，正正方方，稜稜角角，失去那一點點生活的趣味，不過若用到身體上，似乎就不那麼有趣了。身體歪了，回正之路還是得靠自己，要怎麼收穫就要怎麼栽，胡適說得好，不管是豐收還是欠收，都能套在自己身上。稍息立正站好，可惜的是挺直腰桿撐不了多久，乾脆學學貓，拱拱背，舉直前肢伸展，放鬆像一灘水就好。

拉直

躺在復健床上，挺起身體，讓復健師將束帶勒緊腰部，把雙腳跨在一個三角形的墊子上。

上次拉完會痠痛嗎？不會。

今天拉十九公斤喔。腰會脹會痠再跟我們說。

機器啟動。隱隱一股力氣從底下傳來，慢慢拉直腰部，原本緊繃的肩膀突然鬆開，那一點一點撐開的感覺，像是擺弄百葉窗，那一片一片的空隙被擾動了，光線就透進來了。

復健師貼心蓋上薄被，輕聲細語：休息一下喔。十五分鐘的時間，有人看手機，有人閉目養神，我常常注意來去的病人們，微波治療，拉脖子，一整排重整自己的身體。

一開始也是拉脖子。第一次坐上去時嚇到一跳，椅子是傾斜的，一下子整個重心往後，不能起身，復健師把頭套撐開，一個伸頭，下巴剛好頂著。復健師一直叮嚀收緊下巴收緊下巴，然後整個頭套包緊頭顱，然後要我們報告要拉的重量，機器一開，馬上一股勁上頂，把一整天窩著的脖子拉直，有時候力道大了，整個頸子拉長，給人一種身為長頸鹿的錯覺。總之，那樣拉樣那拉，要脖子肩膀的肌肉全拉鬆。

我的身體到底有多緊呢？現在脖子得拉長，身體也得拉長，十幾分鐘復健裡，感受的是身體的筋膜，一點一點的伸展呼吸。躺在床上，面對我的是六張衛教海報，從退化型關節炎，一直到腳扭傷怎麼辦，早些年看到總覺得事不關己，現在海報裡那些受傷原理，人體剖面圖可讀得仔細。其中有一張我特別注意，甚至想拍照下來，每天警惕自己。這張衛教海報主題為「疼痛的循環」，解釋人體疼痛的起因：初始來自於壓力與不活動，接著背部肌肉開始繃緊不能呼吸，血液循環不好，活動力下降，產生脊椎及椎間盤的問題，只好休息臥病在床，因此不活動且產生壓力，然後背部又開始肌肉緊張，周而復始。

雖然配合著輕鬆漫畫，這圖看得仍是膽戰心驚。這不只是疼痛的循環，更是生活循環，環環相扣，不是一天兩天的事。生活總逃不了壓力，但我從未感受過那種有重物之感，沒想到原來所有的壓力都由背部承受，我雖沒意識，但骨頭與肌肉已在抗議，這圖自然不是用來嚇人，警告在場的病人們早陷入六道輪迴無法解脫，底下的文字說明仍樂觀的勸告大家，要意識這個循環，一旦打破這個循環，大部分的病人都會痊癒，讓疼痛不能輕易重生。

自我意識的確重要。身體一疼痛，就開始注意身體的每個環節，才發現自己外八特別嚴重。以前右腳只是稍開，現在幾乎可以扭轉一百八十度行走。這驕傲神技，其實是警告骨頭已經歪斜。小時候走路總是正常，為什麼會外八成這樣？認真想來，雖然起源於車禍舊傷，不過卻跟中學時的不好回憶有緊密關聯。以前長相說話秀氣，常被嘲笑不像男的，當時自然沒有什麼性別平權的觀念，也不敢反抗，在男校裡，只能盡量改變自己，融入那樣的氛圍裡。古惑仔的電影正當道，似乎男孩子，就要走得那樣，兩隻腳打開，威威風風。改變走路的姿勢，朋友們不常笑了，但在鏡子反射時看到自己腳開開的模樣，又覺得特別愚蠢，放棄正常的姿勢，變成不正常了。這當然是刻板的印象，女孩子腳內八靠攏，男孩外八展大氣。現在性別平等運動沸沸揚揚，總是特別支持，我或許只是腳開開，但更多人度過了黑暗的時光，甚至沒了生命。不管怎樣的氣質都應該被接受。

可惜，不是每個姿勢都可以被接受。在復健科裡，每個人求著的，就是正確的那一個。抬頭挺胸縮小腹，原本以為只是軍隊裡整人的玩意，現在想來是救命仙丹。多少人骨頭錯了位，歸到底就是沒有做到這三項罷了。從復健床往旁邊一望，一個個拉脖子的人，靜靜坐在椅子上，機器聲咔咔咔，頭一收一放。看到的常是皺眉頭苦哈哈的表情。我在想自己掛在上頭的時候，可能也是這樣吧，閉眼想著怎麼做人做到頭都歪了，雖然病理上來說，是做人做到脖子都直了。總說人硬頸子，個性烈，好堅持，不易說服，不過做人還是軟點好，能夠自在轉動才是輕鬆。

離開復健科時，總希望不要再光臨，但往往一個復建，就是三四個月的事，一天拉一點，一天拉一點，總有一天會拉直。躺在床上，我沒有辦法像有些病患，一邊拉一邊打呼，這樣鬆弛的程度，應該很快就不用再來報到了。看完了整個醫療室的朋友們（是的，每天同時間見面，就算不認識，也算朋友一場了），我會閉起眼睛休息，在那樣的時間裡關掉感官，沒有寫作的焦躁，躲開進度的壓力，純粹感受身體自己，拉著拉著，把很多事情拉出來，不需要放在心上的都丟到一邊，中斷所有循環，每天都重新開始，學習正確的姿勢，一步一步像小孩子開始走路一樣，不難，也不簡單。

蕁麻疹

天熱，又是犯蕁麻疹的季節。想我最近兩回嚴重的蕁麻疹，都是在國外生活時。

第一次在德國。在超商看到蘑菇沙拉，因為太愛吃菇類食物，買回來當點心吃。沒煮過的蘑菇口感澀，咬著耳裡還能聽到纖維咀嚼聲，這味道令我失望，嘀咕難吃。

也許真有食物之神冒犯不得。難吃的念頭閃過一小時後，手指腳趾開始紅腫，一路癢上手臂大腿，在身體會師成一片紅色風團，臉腫得像紅蘋果（不是徐懷鈺唱的那種）。

有些地方不到最後關頭留學生絕對不會去，醫院就是其一，病痛總是能忍就忍。朋友關心還好嗎？我說沖沖涼水等會就好，但一小時後呼吸急促，只得趕去醫院急診求救，打點滴紓解病狀。

一連串德語醫學術語轟炸，還好有朋友幫忙，護理師前來打針，很疑惑為什麼會那麼嚴重，朋友解釋我吃了蘑菇沙拉，她表情震驚：「亞洲人不能吃蘑菇嗎？」

第二次在美國，已經煮了半袋的乾香菇突然跟我過不去。之前都沒事，沒理由忽然怎麼煮怎麼蕁麻疹。香菇焗烤馬鈴薯當晚疹，香菇雞湯馬上疹，青菜香菇辛拉麵隔日疹。

依舊不去醫院。為了治療這莫名病症，還特別記住蕁麻疹（urticaria）跟治療成藥抗組織胺長串英文（Antihistamine 和其中一種藥物名：fexofenadine hydrochloride），去藥房買藥。服了藥身體好轉，但是一吃香菇又發作。最後只好忍痛把大袋昂貴乾香菇丟了，心底想著會不會一輩子都不能再吃香菇，心情低落，因為朋友說，過敏就像蜜蜂螫人，會在體內累積毒素，而我人生能享受菇類食物 quota 已用盡，請節哀順變。

好一段時間不敢碰香菇，回臺後某次外食終於咬了口，以為身體會發警報，幸虧沒事，鬆了口氣。還有 quota。

蕁麻疹的病因除了過敏，很多時候源自於壓力。我也想過每回蕁麻疹只是一種壓力大的調適，讓蘑菇與香菇成了代罪羔羊，不過，挑了我最愛的食物來碰瓷真是高明。或許這真是身體的心機盤算，全被自己算計了，但自己不曉得而已。

成功嶺上

在成功嶺受替代役軍事訓練時，已近三十，現在看來也不是什麼不得了的年紀，但在一群大學甚至高中剛畢業的男孩們面前，我簡直是個清朝人，見我畢恭畢敬的，甚至還認為我可以當他爸了。知道我當過老師，索性不叫我名字，改喚我老師，在集合場，在飯廳，在寢室，老師老師的；那時若有人開門，進門前要大喊：「謝謝同學（規定如此叫彼此）。」若我開門，同梯則改口謝謝老師，連不認識我的人也跟著起鬨，凶神惡煞的分隊長還一臉疑惑：誰是老師？

受訓一個月實在也不是多舒服，遇上有人偷竊，大家惶惶不安。偷竊事件爆發後，好幾個晚上，其他小隊都就寢了，我們仍在集合場，長官一直要人承認，擔保沒問題，只是這些承諾也沒用，從精神折磨到體能訓練，那人始終沒有出現。直到一個晚上，大隊長真的生氣了，要徹底搜查，幾分鐘內寢室大地震，幾分鐘內要大家把個人物品搬出，幾位分隊長進房間翻箱倒櫃，另外還要我們攤平棉被。整個黑夜是慌亂與咒罵，最後怎麼結束印象也模糊了，耳朵裡都幾分鐘內要如何如何，這些「幾分鐘」把事情都切割了。我隔壁的同梯一邊流汗一邊咒罵：「到底是誰偷的，把錢交來啦，幾百塊我給你！」

跟這些年輕人不同的是，我參加過成功嶺大專集訓，還兩次！十八歲後，許多男孩都有這樣的期望：免役，人生馬上多兩年。第一次到成功嶺，因腳的舊疾，班長說我可以選擇退訓或是完成，已經剃了頭又過了七天了，我還是選擇下山去，如今想來那七天不是白費了？一年內到處檢查，企望得到一個免疫的證明，結果醫生說這腳勇健得很，隔年又上去了，卻多抱持有種老鳥的心態，反正都這樣，叫罵慌亂緊張。因為語教的背景，這回被輔導長叫去當政戰公差，寫稿子投稿，每每要出操了，就會被叫出來，回到辦公室寫文章，幾次後排長也不高興了，出口警告會好好盯我們，大家都在受訓，我們卻躲起來。

因著這樣的「特權」，我跟當時的同梯沒什麼感情，聽他們說著出操細節，一開口，他們回應又羨又酸，說政戰公差不用知道這些啦。現在想來也是諷刺，趕著書寫心得的人，沒有受訓出操，而出去操勞的，不想寫這些事了。後來，我竟然被派去參加受訓心得演講比賽，不知道多久沒上臺，竟然跑到成功嶺演說了。連上的初賽，是在餐廳那樣陽春的場地，看著一連一連的大專兵走進來，置板凳坐挺挺，聽著四個男人說著什麼感念連上長官，增添大學生活的回憶之類，我在底下也會受不了吧。後來被派去參加更高一層的比賽，正式許多，場地是連上大禮堂，評審是各單位軍官，那場演講我還蠻努力的，但並沒有得名，沒法參加決賽。最後決賽是現場直播，每個連都要到餐廳去收看。那時我已經回復一般身分，不是參賽者，竟也覺得有點可惜。有天跟輔導長致歉沒有替連上爭取榮譽，意外地，他卻說這樣最好了，不要馬上淘汰，也不要到最後壓力太大。比賽就是這樣。

隨著結訓日子靠近，其他公差慢慢開始鬆懈，我還是盡量一天寫一兩篇心得，輔導長發現了，最後只叫我出列，其他人跟著出操去了。結訓前幾天，他又把我叫出去，那次我還想出操去，因為上成功嶺到現在，我從未去過戰鬥教練場。那天是結訓前最後一次前往，並做考試的複習。我跟輔導長說不用寫稿子了，他說那就隨便你做什麼，還是把我留在連上，第一次體會到，這就是甜頭啊！整個下午，睡覺，打混，後來還打電話給朋友報告近況，一直聽到軍歌高昂，連上隊伍回來，才跑回去辦公室。最後一次連上集合，我特地跑去跟輔導長敬禮說再見，他笑著拍拍我的肩。隨著人群上火車，我的成功嶺文藝特訓就這樣結束了。

再回到成功嶺，身邊這些年輕人早不知大專集訓為何物，分隊長大喊，怒罵，懲罰，對突然而來的軍事管理都是震驚。從餐廳走回分隊時，分隊長們在路邊嚷嚷，要學員走直角，沒有遵守命令的，馬上罰伏地挺身十下。一個同梯走到我身邊，忿忿地說，這些分隊長兇什麼，不要讓我在外面遇到，一定要給他們好看。我態度老成跟他說：這就是制度，人的遊戲，不要想太多，照做就好。他仍一臉憤怒。我想想，這些話當下的他應該都聽不進去吧，像是電影《報告班長》那個有名的片段：「班長有什麼了不起，我小時候就當過班長了。」菜鳥兵對於班長的氣憤與輕視，滑稽化的寫實片段。但我確定，現在的他應該都懂了，也許也跟我一樣，在生活的某個節點時，會突然被那些緊張的片段，沒理由地逗笑了。

丟

我丟了丟。

體會到這種感覺，是幾年前從德國搬回臺灣時。為了減少海運的物件，硬生生撕了手邊三百多本的書，再一頁一頁掃描，在虛擬的電腦裡重組。為了完成這龐大的工程，好幾個月的晚上，一個人在辦公室裡，刷刷刷地撕開手邊的書，搭配外頭咻咻咻響的掃描機。一天晚上，一個德國同事突然回到辦公室，被他瞧見我肢解書本的過程，後來輾轉聽到他對別人說，作為一個做研究寫字的人，實在沒想到會這樣對待書。

撕第一本書的時候還有種拿刀劃肉的罪惡感，黏封處的黃膠是人體骨骼，得徹底去掉，書本才能落回一頁一頁的狀態。手續熟練之後，如庖丁解牛，我能迅速去骨去皮，就連硬殼書封也能輕易撕下，像卸掉沙場上眾軍士鎧甲，讓他們全見血見肉。

德國同事眼中的我，或許就是這樣殘忍。我倒是很羨慕那些能恪守斷捨離的朋友，他們要與不要分得清楚，連拆解都不必，不帶情緒一本一本丟入回收箱。我的拆書動作看來大刀闊斧，其實骨子裡是小家子氣。就是要丟不丟的，兩邊都想放，兩邊都不放。這年代說什麼「知識是有重量」實在老派，但換成真正公斤數，每次搬運都是掛在帳單上的具體花費。於是東折騰西顧念的，最後拆書掃描成為折衷，像是丟棄前必經的留戀儀式，跟情人說著我心底有你，但還是請你離開。

這幾年日本流行極簡主義，奉行者們身邊只有簡單的生活必需品，他們的房子成了最引人注目的博物館，大家看的不是滿滿的擺放，而是那幾乎像樣品屋般的空盪。這些人對過剩的物質世界進行空間上的反抗，拒絕囤積，一點一點丟著丟著，最後丟掉填補的想望，活在什麼都沒有的世界裡。那是獨立於外的專屬空間，什麼都沒了，但沒了也就不要了。

對比於他們，自己看似極簡書籍的行動其實只是假象。我只不過把實體的擁擠，搬運到虛擬的空間來。摸不著際的網路空間裡，仍是擠滿了一冊又一冊書。狠下心來想要刪除一些資料，電腦跳出的視窗，又讓我遲疑。「你確定要刪掉這些檔案嗎？」

這樣窩心但又誘惑的問句，自動地就按下了「否」。

這些年跨國的移動，削減了不少對物的迷戀。以前看到物品都是腦子都是回憶，但現在看到的卻是他們的最終被丟棄的下場。極簡主義者的信念之一，就是不執著過去，例如那些旅遊紀念品，就是過去的承載品，硬是把一個當下經驗拉成永遠離不開的物件，執著那些過時的歡樂，還有對現實的逃避。搬來運去的過程，這些歡樂都不歡樂了，但將這些東西當做垃圾的過程裡，我覺得好像勒著寫作的脖子，讓它發不了聲。提筆的人一輩子總打滾在發生的事裡，似乎不能太極簡，不然連文字都省了，最後只能寫出一張白紙。

丟與不丟的拉扯，就是生活的瑜伽，想要俐落不囤積，需要一定的柔軟度；但現在生活模式，只讓人筋骨越來越僵硬。彎不下腰的日子，聽來有骨氣，也是不得不。或是肥胖，朋友說減不下來的公斤數，不是吃下去的，是身體不願丟的，說來抽象卻又有那麼幾分信，這個年代幾乎人人減肥，一邊吃一邊減，考驗的不是食量或是運動量，是怎麼處理那些矛盾的罪惡感，拉扯之間擴張了身體的空間，儲存了更多不必要的。朋友的減肥建議聽來總是非常佛系，每天定期冥想，釋放身體裡多餘的能量，就這樣靜靜地，靜靜地，調整好體質，身體就會把多餘的東西排掉。用肉身實踐極簡主義。

離開德國時，我很驕傲自己住了那麼多年，只寄了六箱東西回來，但準確地說，驕傲的是自己丟棄十來箱的物品。那像是啟發自己的潛能一樣，便想開始挑戰一卡皮箱走遍各地的理想，什麼東西都不留，用了就丟，在生命中不存在任何痕跡。朋友Y就是這樣在臺北一處搬過一處，對他來說，搬家是一個馬上能完成的行動，不需要太多的準備工程，塞不進一卡皮箱的，都是多餘之物，馬上丟；他的電腦裡，不需要的檔案馬上刪除，連桌面垃圾桶裡都是空的。他的焦慮來自於那些漫無邊際的擴張與累積，他說也許自己的問題就是沒有太多可以記憶的，因為光是遺忘都來不及了。

在資本主義的時代裡，人或許不需要思考，但得一直丟。這是一門功課。我丟故我在。那些物件是建構一個人的存在證明，一點一點的丟棄，像是丟掉一點一點的我，剩下總是最實用的物品……人畢竟還是求活的動物。高端境界的丟就是沒什麼可以丟了，走到那一步，如入無丟之境，無入而不自丟，再怎麼丟人也不丟人了。

面試

我很少面試。這並不是說我找工作多順利，而是我往往把某一個階段拉得太長，於是少了很多面試的機會。簡單說來，在這個工作至上的社會裡，面試是轉折與改變的前奏，然而身為一個「資深的學生」，沒有跟上一般人生的步伐，於是落單了許多面試。

儘管如此，不論是誰，在社會裡就得時時準備面試，心理的或是實際的。面試的心機攻防戰，是故事發生的好地點，在適切的情境裡，再沒文采的人也能說出層次飽滿的句子，推進需求與慾望，達到彼此的高點。這當然不是性愛，現實是反高潮的必備，再怎麼愉悅，都為了交換那一點點的後勁。

韓國版的《周末夜現場》，戲謔化的面試搬演了那樣的後勁。作為人而物質化。二〇一四年〈面試戰爭〉，把面試種種簡化成快速的切面，配上日本戲劇《詐欺遊戲》

的音樂，緊張而重複的電子音樂，暗示面試者與面試官的拉扯。荒唐舞臺站著的是某航空公司最後兩個求職者，由韓國知名的喜劇演員權赫秀與鄭尚勳演出，同時也是角色的名字。

這兩人擁有各種證照，從烘焙師到水電工，甚至參與各種活動，去喜馬拉雅山當志工（去做什麼？）。兩人還具備多語能力。為了要贏過能說英德語的權，鄭展示他的中文之後（其實是亂說一通），又發出一串奇怪的聲音。面試官聽不懂，不敢批評，拍手直稱讚他國際化，但其實他只是用怪里怪氣的外語腔調說韓文罷了。

面試官要他們用臺幣三百元，去買可以「充滿」辦公室的東西。權買了一根蠟燭，感性地說著蠟燭光芒照耀整個公司，代表他的服務的心。而鄭什麼都沒買，跟面試官說他把錢給了路邊賣菜的婆婆和孩子，幫助他們，無巧不巧他們也在此時出現，三個人擁抱痛哭。面試官一把鼻涕一把眼淚。

最諷刺的段落，落在面試官要他們表示對公司的忠誠之際。權表示自己是公司的僕人，做到死也無憾；鄭說話時畫面則是不斷跳在每個人的臉上，像是宣告什麼大事：「我無論發生什麼事情，都不會加入工會！」話一說完，面試官忍不住拍手，微風吹上了他們的臉，柔焦畫面誇張了那感動眼神，下一秒跳接到鄭驕傲的笑臉，那笑臉兩邊還打上了「畫龍點睛」四字成語。

然而，這荒謬劇的結局，是誰也沒有得到這份工作。鄭在街上看到錄取人員，竟是老闆的兒子，老闆千萬叮嚀兒子不能讓別人知道他們的關係，不然會被議論。看他們離開，鄭倚靠著行道樹，留著滑稽的兩行淚。權與鄭的競爭關係仍繼續著。在一家徵求幫手的小吃店裡，兩人又對上搶工作，說著自己什麼都能做，甚至可以工作三十六小時。故事就收在這樣無謂的爭吵裡。

類似的諷刺短片仍可在《周末夜現場》看到，比如三個進入最後競爭的求職者，為了這份職位，誇張地配合公司：面試前一天就在辦公室裡打地鋪；知道老闆的家鄉，趕忙模仿口音；甚至連當地的阿婆都喚來煮飯。但同樣的，最後誰也沒有得這個長期職位。荒謬短劇誇大了這些無所不用其極，完全失控的求職文化。在現代社會裡，成為一個僕人奉獻自我的模式已過時，不加入工會，放棄了制度化下作為人的權利，才是對資本主最有力的吸引。這些短片嘲笑了現代機制，指出藉由傷害與謊言，才是一個人加入體制的捷徑。宣稱不加入工會的鄭尚勳，那以為將會獲得最後勝利的誇張表情，咧嘴大笑，臉部肌肉的皺摺，特寫鏡頭讓他看來有些恐怖。

哈韓潮流中，臺灣對韓國的美好幻想，建立在蓬勃的影視工業上，韓國年輕人對現狀的不滿與無力，在光鮮亮麗之後，鮮少被觸及。崔順實干政，朴槿惠的彈劾，反映出了韓國年輕一代的壓抑與不滿。常跟韓國對比的臺灣，這些荒謬的短劇中，上演的不是他者，而是自我的延伸。臺灣或許沒有如韓國一般，過於倚賴財團的經濟，年輕人只能進入大公司，才有翻身機會，但是在面試的唐突舞臺上，那些不可理喻，或是不可言說的規則，仍如跨國企業托辣斯地到處扎根。我們也需要證照，我們也要國際化，我們也要琅琅上口的外文。利益與福利的拉鋸，人的價值建立在一條條項目上，存在的不是主體，而是可以參考的資訊，重要的是那些能寫出來的，人生如一張白紙不再是比喻說法，而是具體的面貌。

二〇一七年，三年後，為諷刺韓國職場裡，求職者總不受尊重，面試官任意取笑面試者或人身攻擊，《周末夜現場》以歌劇方式來報導這個「新聞」。喜劇演員用〈美女與野獸〉這個夢幻童話主題曲，輪流唱出荒唐求職現實。鄭尚勳這回扮演主唱者，左右是男女丑角，女丑滑稽的長相與男丑肥胖的身材，成為面試批評點。喜劇演員一半搞笑一半認真的演唱，外加跟不上拍子的即興哼唱，讓這件事越見荒謬，最後，他們回歸積極，用歌聲激勵所有的求職者，呼喊一個公平的面試文化。這是喜劇演員對社會的期待，但希望這不會只是一齣喜劇，不論在哪。

生鐵鍋

開始自行料理每日餐點之後，最常相處的物品，就是廚房裡的阿嬤生鐵鍋。一開始不了解鐵鍋特性，只當不沾鍋處理，結果煮什麼沾什麼，整個鍋子黏答答。有回煎生煎包，放油放水，時間到了鍋鏟一鏟，一鍋包子底穩穩留在鍋面上。結果丟了浪費吃了心酸，什麼都做了，連個底都留不住。也不是沒求助谷歌大神，但鍋子就是有自己的脾氣，要多冷要多熱，說不準。有段時間真的氣了，乾脆買個不沾鍋就好了，阿嬤就淘汰在時間的鴻溝裡吧！

沒想到跟鍋子相處也會帶上情緒，還要掏心掏肺，每天養鍋，替它抹油粉面，一兩天沒做臉，生鏽，一臉黃仇視你。還好生鐵鍋總能回到最初，按步驟再保養兩天，又回到開始。每天在沾跟不沾的循環來回，搞到自己的手臂都快沾黏了。

某日煎完鯖魚，看到鍋面乾乾淨淨，魚皮好好地長在身上，忽然覺得開心。終於等到這一天，像是跟誰相處終於懂了脾氣，要沾不沾隨心所欲。把魚移上盤子，趕緊拍下乾淨鍋面做紀念，心裡念著：「嘿！阿嬤，笑一個！」

創作者都有一隻大鳥

在晚清畫報裡讀過一則試場新聞，一位考生剛寫完卷子，考場飛進一隻大鳥，盤旋一陣突然叼了他的卷子，馬上飛走。他急了，連忙跟考官反映，要求重考，誰知那考官反應冷淡，表示沒卷子是你家的事，他焦急解釋不是遺失的，是鳥叼走的，大家都看到了啊；但考官不為所動，冷冷表示：那你還不懂嗎？明年再來吧！

明年再來吧。一聽到這句話，可以想見考生眼前閃過許多畫面，人生宛如走馬燈，一整年的苦讀，可能欠了一屁股債，如果住在內陸或南方，三個月前出發時家人還在門口十八相送，一路颳風下雨都撐過來了，最後關頭，一隻鳥替他提早畫下了句點。最無力的是，好不容易回到家鄉，這種理由一說出口，大家只當他出去揮霍了金錢，一事無成，不知反省，連這種鬼話都說得出來，妻在夜裡暗自啜泣，我所依非良人。一隻鳥壞了一個人。

寫作者身邊應該都有一隻這樣的大鳥，「鳥」視眈眈。作品滿意的少，但這鳥偏偏跟你口味同，你愛的牠也要，不注意就叼走了，腦筋空白給你。總說別慌別急，好東西要等，但這不是一年一次的科舉考試，寫作者時時都在答題。畫報圖像看來滑稽，一個男子追著大鳥在場子裡面繞，其他人癡癡看著，也許是寫得太好，連神明都要，心裡還莫名羨慕。寫不出來的總是經典。

那考官也可以更狠一點，你還不懂嗎？這輩子別考了。乾脆斷了這個念頭，反正時局歹歹，過幾年捐官也不是新聞，官位用錢就可以買，現在不如趕快回老家賺錢卡實在。這鳥叼走了一年的期盼，叼來了一生的現實。但寫作者似乎總愛跟現實鬥，找正職是為了寫作，辭正職還是為了寫作，有錢是為了寫作，沒錢也是為了寫作，這鳥不愁沒有事情做，每日總有卷子可以盤旋等待。

但或許，因這事誕生了位文學之星。那鳥叼走了八股文，卻叼起他的文學夢。在一年產生一百份新報紙雜誌的時代裡，他的文字不愁沒有歸宿，小說雜文詩詞報導，不必做官也可以有一番事業。這樣想來是他命好，靠文字買房過日百年後聽來就是神話了，他可是神話裡的人。文學是神話，寫作者倒不是什麼仙，文字是摸不著的幻影，如鬼一樣要找宿主延伸，然而這時代有太多如幻影之事物，追著跑著都不嫌累，反倒寫作者過分真實了，文字變得特別重，一本加上一本，鳥叼不動了。

那張卷子到底去哪，成了鳥寶寶的食物？還是被人拾起當柴薪燒了？總之還是有了用途。又或許被誰撿了讀了，及第之後喜孜孜的說有隻鳥叼來了張卷子，是上榜喜兆。有道是，山窮水盡疑無路，柳暗花明又一鳥。這邊的雨天是那邊的晴天，你喜歡不如我喜歡，白天不懂夜的黑。你永遠不知道下一刻飛來什麼鳥。

下一本是……

我一直覺得「下一本是……」這句子，很像奧斯卡金像獎揭曉前的頒獎詞：「The Oscar goes to ……」，這句子彷彿給了直挺挺的小金人生命，那一刻，獎項結果與演員藝術家都無關，一切交由小金人做決定，整個世界的眼光盯著他的雙腳，他的步伐到底走向誰。

我以為，每個「下一本」也是這樣。

必會有人反駁我的看法，那早期的頒獎詞也許才符合他們的想像。之前的頒獎詞是「The winner is ……」，但這說法獨尊得主，其他人都成了輸家。一九八九年起，為了強調入圍即是贏家，便改成現在的說法。不過，寫作不求這種「共贏」的氣氛，完全是個人單打獨鬥的事。每個作家理所當然能被獨尊，只要能完成「下一本」就是贏家。

對作家來說，出版了第一本，之後的每一本都是「下一本」。第一本大多順著作家皮毛，將摸索已久的情緒與故事塑造成形。這樣的書像面鏡子，照著作家從小到大，鏡面上還贜有他的殘像。當讀者攬鏡自照，還會發現與作家的身影重疊，添加魂體附身的恐怖氛圍。但我覺得這卻是作者與讀者最迷人的交會方式了。書的「第一本」還算聽作家的話，但「下一本」便開始有了脾性，不再依附作家，由它自己決定時間地點與心情，走到作家面前。

如果能和每個「下一本」雙贏，可說是寫作最完美的狀態，如同每場戀愛都能和平分手，對方還誠心祝福你的下一段。寫不出來的時候，最偷懶的方式就是去談場戀愛，偷偷轉換這份能量到寫作上（但風險是就忙著戀愛不寫了），情人們不會知道他的甜言蜜語將被閱讀（知道了或許說話會更加斟酌）。「下一本」跟「下一個」的本質都是相同的，沒有人是Winner，也就沒有人是Loser，「下一個XX也許會更好」，說來像自我安慰，卻也找不到什麼可以反駁。

沉迷在悖論問題裡對寫作沒太大助益，但寫作的人就會這樣，直到刪去鍵的磨損程度比輸入鍵多，才發現大事不妙。原來寫作做的就是扼殺「下一本」。雖然如此，我還是樂觀的，試求「佛性寫作」未嘗不可，不催促不強求不焦慮，「下一本」自然就會來了。

阿彌陀佛。

關鍵字：人物

男孩

匆匆上電車的兩個男孩看來頂多九、十歲，坐到我身旁。

你好。金髮男孩突然冒出這句中文，當然是沒有四聲的那種「你好」，我知道他想和我說話，也回應你好。

他樂得吱吱笑。

你來德國做什麼呢？

我來讀書啊。我是學生喔。

旁邊胖小孩看來害羞，插不上嘴，拉著金髮男孩說了一大串。金髮男孩轉過頭來，開始自我介紹。

我是Andreas，他是Stephan，我們住在前面不遠的地方。

我試著跟他們多說一點，問他們幾年級，學校在哪，可惜他們不能理解我，只有傻笑，或是兩個人自己交談起來。

金髮男孩突然抓住我：我會用筷子唷。

那麼厲害！在哪學的？

在中國餐廳，在中國餐廳都要用筷子。

我們的對話持續有一搭沒一搭的。他問我有沒有紙筆，我拿出來，他又問我，我們的名字中文要怎麼寫呢？

我念著他們的名，找出對應的中文字，他們突然急躁起來，告訴我下一站就得下車了。我匆匆寫完，兩個小孩抓了紙衝向快關上的門，下車後回頭打了招呼，跑進小巷，一下子就不見人影了。

金色的叔叔

波蘭，華沙市區。

孩子回頭了，街頭藝人裝扮成的金色的叔叔不動了。

為什麼叔叔不動了？孩子們的老師，以麥克風承載華沙的心酸身世，從老城廣場開始，那些歷史的片段在孩子們的眼睛中，轉化成音符，飛散在老城紅色系的城堡、圍牆與房舍間。興致勃勃的旅行，容不下任何俄國德國曾經的邪惡，狹縫的年代似乎未完，但二戰之後，百分之九十消失的城市，卻在不斷的重建與成功的複製中，真的徹底隱身於歷史裡了。

還好還有金色的叔叔，老師不會注意他。他閃閃發亮的身體是剩存的百分之十，宣告著華沙不會在戰爭中，完全消失於世界地圖上。孩子們笑了，因為叔叔趁他們回頭時偷偷動了一下，後面的孩子們見到了改變的過程，前面的孩子回頭只看到了改變的結果，嘻嘻哈哈的兩群人，因為不同的理由笑成一團。一個孩子走向前，要握他的手，那金色的叔叔還是不動，但眼睛咕嚕咕嚕的轉，孩子們又笑成一堆。

丟個銅板吧，一個孩子說了，噹啷，金色的叔叔動了，抓著孩子的手不放，突然的尖叫讓長巷的旅客停下腳步，說著歷史的老師看過來，孩子們跑了，但金色的叔叔不能跑，只能再一次停住，等待下一群孩子到來。

金色的叔叔啊，老師的歷史好沉重，到處似乎是哀傷，可以把你的快樂與閃耀種植在過去與現在嗎？未來等到我們長大，看看它怎麼開花結果。

哭泣的小孩

電視塔，斯圖加持，德國。

塔下的金髮小孩，被母親摟著，卻一直哭泣。

親愛的小孩不要哭，你的頭髮像今天的太陽一樣閃耀，你的眼睛像今天的藍天一樣清澈，所以不要哭，你的眼淚不是今天的天氣，你的啜泣不是今天的風景。

抬起頭來看吧！你現在斯圖加持（Stuttgart）的電視塔（Fernsehetrum）上，可以看到整座城市的樣子，被山丘環環圍住的市中心，看起來像不像在家裡的模型玩具呢？一間間帶著花園的房子裡，住著童話故事，煙囪裡會爬出七個小矮人。往南看，好多好多高山，一層一層，連結一起。那是阿爾卑斯山，白色的是山頂的雪，像你愛吃的蛋糕上的白色糖漿，綿綿密密，雪的裡面藏著你昨天晚上的夢，聖誕老人幫你運送到那兒保存起來，永遠都不會變壞。

有什麼理由哭呢?在電視塔上,有童話故事,還有那些不會壞掉的夢。你手上的色彩繽紛的超人手錶,會幫你記住每一刻。所以不要哭了,兩百多公尺的高度,只有風能暢行無阻,你的哭聲會被它偷偷解剖,寄給每一個愛你的人,因此,他們心底會莫名覺得濕濕涼涼,在這麼晴朗的天空下,輕輕嘆氣。

不要哭了唷,底下那些紅瓦屋頂,都在偷偷笑你囉。

錯過

波蘭,科拉克夫(Kraków),卡其米茲猶太區(Kazimierz)。

本來應該要錯過的,就像一個單純旅客走過一些地方不見得想留下什麼,要去記住什麼,最後只保存地方的感覺和當天的天氣,等著多年後佐著回味,大聲說著我曾經去過,沒有錯過。

（在隧道前，同行的朋友叫住了大家。你們看，這是波蘭年輕藝術家的作品，透過陽光，映照在隧道內的字母是Auschwitzwieliczka。Auschwitz，奧許維茲集中營，目前遺存的重要納粹集中營之一；Wieliczka 是波蘭境內重要的鹽礦，被聯合國教科文組織認定的世界遺產。這兩處，是拜訪科拉克夫的遊客，不得錯過的重要景點：一個有著深刻歷史意義和一個有著特殊的自然與文化意涵。）

可是錯過又有什麼關係，世界那麼大，沒去過的地方總是比去過的還多。人們總是注定要錯過的，那個和這個，那裡和這裡，旅行不是集點，不是連號了就能隨便怎樣。

（但是有誰知道，在前往由辛德勒的工廠遺跡改建的博物館的路上，會有這樣的藝術品。來往的人們哪，只看到L形的陽光倒影——美的裝飾品，沒人注意或停下來思考這串字母，正如同每年那麼多遊客，這樣匆匆來匆匆走，面對這些景點，不知道自己錯過了什麼。）

似乎，總有那麼一刻，只要多知道一些些，這世界便能多充滿一些些，只要多聽到一點點，這世界就可以多冒出一點點。在錯過與不錯過之間，注定與非注定之間，時間與空間如流水，走過這樣一個隧道的同時，似乎能夠聽到很多聲音，潺潺流過身邊。

攀爬

德國，漢堡，智利屋（Chile Haus）外大樓。

旅行的某晚，突然夢到母親。

我們很久沒見面了，但在夢中的她似乎完全熟稔我最近的生活。她沒有老，還是維持原來的模樣，而我，很明顯地已不是二十出頭的樣子，但她並不覺得困惑，沒問我怎麼會變這樣，時間在我們之間，產生不平衡的關係。

一切也太過於日常，我們沒有多年後重逢那種感性甚至掉眼淚的戲劇場景，才說沒幾句，又開始為了一些人生走向與生活瑣事爭吵，她罵人力道不減，好幾次對我咆哮說我不會想，每個人的生活都應該怎樣才對，我怎麼都講不聽，彷彿要我完成什麼，我的甚至她的人生才算完整。

我似乎可以邪惡的說，媽，妳的人生早就完整了，難道妳還在期待什麼？但夢裡的我卻清楚意識到這是我們難得的會面，儘管生氣，卻不發一語。我們對彼此都帶有一點遺憾吧，夢裡的我這麼解讀，只是有一天我可能會比她更老，到那時我們誰能要求誰？畢竟時間的差別對待，已給她永遠可以期待的特權。

醒來時，心底一陣涼。凌晨兩點多，那種大吵過後的疲累讓人異常清醒無法睡去，我似乎攀爬著母親的身體，但那身軀卻不斷延長，捲成任意的模樣。這夢久久維持清晰，不似其他的夢只剩下某些只能言說的感覺。我很慶幸這些場景都被留了下來，畢竟這不是旅程中可以拍下的照片檔，隨時都能夠點選打開，用以提醒自己一些什麼。

【與B通信3】

B，你來信說到我的奈良夜公車，彷彿是那年你為了與花蓮戀人見面，趕搭的東海岸夜列車。

那時只因朋友介紹，以可能性存在著，你移動的終點是未知，車體持續晃動幾個小時的疑問。坐立難安，翻開了書卻沒法好好讀。夜的黑染玻璃成畫布，你期待不安的神情鮮明，襯著其他熟睡乘客淡影。車廂默悄，如進行莊嚴儀式前必要的肅穆。所有過程心底上演，無人能知，無人能懂。

在陌生的車體內不知何時下車，不知前方等著什麼所在，與你當時感受似乎隱隱重疊。我們同樣惶恐異常興奮。旅人與愛人經歷相似，流動只是更加確定，自己正離開，自己正前往。

如此心緒教人珍惜，也許更接近所謂愛情的曖昧，林夕的詞寫得好：「茶沒有喝光早變酸，從來未熱戀已相戀，陪著你天天在兜圈，那纏繞，怎麼可算短，你的衣裳今天我在穿，未留住你，卻仍然溫暖。」情人未有情之前後徘徊，試探出口。但是B，鮮少談愛情的我們，一場曖昧往往就寫完了起承轉合，最後簡單眉批：愛是虛幻。接著嬉笑彼此，根本沒有觸到愛，哪來高談闊論虛幻之資格。

花蓮的夜列車，是否也給你同樣疑惑？愛情靠感覺滋長，回憶卻生根阻擋，我們對過去充滿期待，對未來倒是立即落下結論。B，你描述的夜列車如此靜謐，綠蔭水緩，蟬鳴鳥叫，圍繞車廂遲遲不去。生活中愛情如換季新品，無法隨手可得，列車急行前駛更說明此道，距離了戀，加溫了愛，你對愛的渴望從未停過，兩人世界更能證明自己唯一，茫茫人世確定自我的甜蜜方式。

B，為什麼需要唯一感？我不只一次問你。曖昧與唯一牴觸，唯一模樣太過清晰，不容抽象保存。幼時公寓浮現你眼前，放學回家，忙於工作的父親，在外與朋友交際的母親，餐桌上飯菜與一張紙條替代了他們的不在，上頭寫著「餓了熱來吃」。你是大家眼中的好小孩，總能好好打理自己，在書桌前拿出國語數學，一行一題聽話完成，六點一到，連身體都遵守秩序感到餓了，加熱桌上菜餚，喚弟弟來吃。每日一百分。

每日一百分逐日陷出窟窿，掩蓋了一個撒嬌的孩子，當然，那時是沒自覺的，符合期待才是焦點。久了企圖爬出窟窿，孩子找到一條繩索，愛情，不能缺席的對方，不能遵守秩序的規條。B，情歌總愛這樣唱：你就是我的唯一，兩個人形影不離……催眠成了愛情信條，簡單到情人同進晚餐，心中簡單默契，也成了某種解藥？

B，那次夜車，你是為了看他，還是看那個未被好好照看的自己？我一直不提，是因為這問題太過模稜，你僅用言語便能輕易否定。愛情的興頭上沒人有心情理清複雜情緒，這當下是感受，理智出現何必，辯論直接省略，簡單一句你不懂就是千言萬語。我怎麼也無法說自己理解，畢竟談到了唯一，排他成了必然，兩人世界裡，恣意享受排他任性，不乖的都可一再翻案。

B，我們的夜車述說是同一件事情：出走的目的地不是某個地點，而是那個不認識的自己，被遺忘的自己，被忽略的自己。我總愛到異地買一日車票，沒有原因和目的地，不斷上車換車上車換車。若情況允許，我還會坐遍一座城市所有的交通線，如集點遊戲，以這方式看遍一座城市。這對一向習慣走固定路線的你來說很難理解，交通工具哪是什麼集點遊戲，不過是兩地連接工具，抵達才是重點。

B，是的，我們都會抵達，經由不同路線，以不同方式。踏上這旅程開啟這移動的理由，即是我們的終點站。抵達或許注定無法一次，得蒐集多回車票，不斷的中止，只為了再繼續。不求一個解釋或是答案，畢竟旅遊的樂趣重在未知，關係也是，在晃動的車廂裡，我們緊張我們興奮，我們焦慮我們期待，因為我們都在路上。

親愛的B，最近好嗎？

現在的我站在海德堡老橋上，看向城堡的方向，因為太近了，城堡與老城內房舍直接形成一頁立體畫，直接就能觸摸到。今天天氣很好，天空一點雲都沒有，內卡爾河波光粼粼，不是旅遊旺季，橋上遊客人少，享有一個寧靜的午後。

我想起今早與室友發生的事情。我們常在同一時段煮咖啡，機器運轉得慢，連兩杯咖啡也得等上半小時，室友每日需早起出門實習，沒時間等待，我總希望能趕在他準備早餐前煮好咖啡，但還是有碰撞時候。

如今日，室友將我煮好的咖啡倒進他的熱水瓶中。我並未正確理解他的意思，以為他要趕著出門先喝了我的咖啡，現在正要煮幾杯給我。咖啡煮好後，我將壺內的咖啡喝完，接著他進了廚房，看了空壺眉頭一皺轉頭要走，叨念：算了算了。

我不理解這態度，反問他：那我本來的咖啡是怎麼了嗎？

他口氣略顯不悅：我是說你的咖啡我已經倒到熱水瓶了，這是我的咖啡。OK?! B，我知道在你看來，這事不過是小誤會，根本不用花氣力反述，但不知為何，那OK，那上揚的聲調，卻縈繞心底久久。我開始責問自己：這咖啡機是室友的，應該要尊重他的時間。不理解應該問清楚啊，自己怎麼不問？一連串情緒問句反覆，我很清楚這沒有什麼好在意的，但卻又為什麼放不下？

理性思考與感性情緒無法合而為一，於是我來到老橋，最愛的角落，看內卡爾河緩緩流動，景色凝結，心情舒緩。這誤會只是一個假象，重點是內在什麼情緒被勾了出來，一時無法處理，或者說，這情緒出現了，要我去處理。

B，相較於你，我日子總過得戰戰兢兢，很多事情無法放下，割捨都是難事。我自嘲這是巨蟹特質，寫作似乎還因這性格獲利。但生活上呢？你總問我，這樣不會太累？有多少你想帶著走？

前陣子搬家，才意識到自己在異地不過三年出頭，竟能積累那麼多物品。一間小房，我善用空間，盡可能放置東西，那時看似有心的巧思，卻在離去當下全成了巨大的反彈，之前花費多少心力堆積，現在就得花費多少心力清理，我一點一點處理，同時也一點一點檢視那個不願丟棄的自己，怎麼充斥在有限的空間裡。

是的，我似乎習慣這樣，把自己擠壓在喘不過氣來的空間裡，說穿了只是害怕失去。即使是不舒服的回憶，若太快丟棄，也會一併放棄自我存在感，畢竟我們活在一個相信懷疑與檢視傷口的時代，大聲疾呼傷心難過，還能得到許多迴響。這是生活的主流，當確定的事不再確定，只剩那種隱隱作痛，是誰都不能否認。

B，我們曾經花費許多時間討論，這麼多的互動網路界面發明之後，那些面對面不會互訴的話語，全都在網路上誠實了起來，而周遭的你我他似乎都不快樂，因為這社會不公平，因為誰虧待了，因為誰不滿了。按個讚，與他人分享，簡單一個動作，滿滿情緒，寧靜地被不同的閱讀方式詮釋著，若沒表示，似乎是冷血，怎麼能夠在種種風暴之中置身事外？這樣說或許嚴重了些，但最後你說那句，至今我仍難忘：所有積極與樂觀都像寶藏一樣珍貴起來了。

我們都有放不下的東西，或多或少。搬家時，我狠狠丟棄了八大袋的物品，你一定相當吃驚。一開始我也嘗試整理，企圖留存，但是就在某一刻我決定不再思考，一櫃一櫃物品全掃入塑膠袋裡。四周漸空，連空氣都不同了，悶熱味少了，多了清新。像吃到甜頭，我立刻立志要捨棄手邊所有物品，現在丟不掉的，幾年後也要丟掉。我想知道沒了堆積，沒了負擔，沒了情緒，自己會變成怎樣？

B，你正在笑我吧，下了這般宏願，卻被一臺咖啡機，一句OK破了功，還跑來老橋靜一靜。沿著河邊騎車回家時，我想像你的表情，嘖嘖嘖數落我這樣不行。不過我們都同意，面對再多的情緒與放不下，都不要負面解讀，因為這些才能讓我們看到真正的問題，不是塞得滿滿的虛胖空間，而是不得不清理的周遭當下。

這沒有不好。尋找寶藏的過程，往往比找到寶藏來得珍惜。

輯三　我的空間不是我的空間

園區之外

我居住的社區鄰近幾間科技公司，其中一間矗立在高速公路旁，下新竹交流道之前，亮著公司名的大樓是進入這城市的第一景色。

因為是新竹，「科技」兩個字格外顯得理直氣壯。

這個緊貼高速公路建成的住宅區，像是搶到邊邊角角一塊地，在社區裡怎麼繞，也只能沿著原路出去。社區入口一條路被兩幢高樓守著，左邊是一間科技公司，每日都有警衛守在門口，上班時間一臺機車一輛汽車駛進地下室，而對面大樓，一邊是家具工廠，一邊是某人力資源公司的移工宿舍，一樓還有個專門販賣東南亞食物的超商。

每天下午，總能看到一個個移工提著包包，打打鬧鬧有說有笑，走到社區外大馬路搭遊覽車，前往科學園區內工廠上夜班。有時晚一點，還會看到另一臺車，那是載送剛下班的移工們回宿舍。這條路上沒有什麼燈，偶爾會停駐流動攤販，專門等著移工們回來，通常是水果攤或是衣服寢具小販。在寒流來襲時，一整排的厚棉被被黃色的光照得熱烘烘，光是用看的，在夜裡也覺得暖。

剛搬進這個由兩棟房打通的出租套雅房的透天厝，還沒有聽到房東把房間租給移工。但這兩個月突然增多。第一次房東傳訊請我幫忙翻譯，是一位移工決定要回菲律賓，為了不要付違約金，請也在新竹工作的表姊和表姊夫接下合約。換約的過程還算順利，溝通沒有問題，我問他們住在哪裡，表姊指向外頭，是路口那棟人力資源宿舍，她的先生則住在較遠地方。因為宿舍裡人多又有門禁，表姊希望能有自己的空間，至少在上晚班前，有一整個安靜的下午可以補眠。房東拿著契約請我簡單說明，我說只有中文版本不好意思，開個玩笑說他們可以順便學點中文；表姊笑著搖搖頭，竟然是用中文回答：「太難了，太難了。」

房東問起他們來臺灣多久了，表姊表示五年多了，原來他們待在新竹的時間比我還長，而且兩個人看起來都還年輕，那表示他們在青年的時候，就已經抵達臺灣在園區工作了。房東半認真地說，五年了，那應該賺很多了吧。表姊馬上揮手搖頭：「No! No! No!」整個過程中表姊夫不太說話，大多是笑著，唯一發言那次是要確定自己的電動自行車可不可以充電。那是平常的交通工具。

最後，房東再三強調不可開伙時，表姊忍不住問了，用罐裝瓦斯爐，電子鍋簡單烹調可以嗎？房東勉為其難點點頭，表姊說有個空間煮食，好好吃頓飯，對他們來說很重要。

繼這對夫妻之後，陸陸續續又來了幾個移工詢問租屋。他們彼此並不認識，就是同個念頭想要租房。房東說，這些移工很厲害，雖然語言不通，可以在社區裡邊走邊打聽，就問到了他這裡來，直接敲門進來就問。在雞同鴨講的狀態下，拿著翻譯軟體，邊猜邊想的也能溝通。

印象深刻的是有一個女生英文特別好，說話有條理，非常清楚自己的租屋要求，溝通十分順暢。她跟同鄉另一個女生一起來，都是剛剛拿到臺灣公司一年的約，準備在這個異地小島開始新生活，她們最後決定租下一間只有單人床的套房，房東說可以更換成雙人床，但這房間其實不大，放下一張雙人床，整個空間就被分割成兩半。她們思考後決定不換床，女孩說：「我們一個上早班，一個上晚班，睡覺時間不衝突。」

房東說，這裡雖然靠近清華交大，但來住的學生並不多，房客大多都是為了竹科而來，想試試看在裡頭找到一份工作，警衛伙房工作業員都好，這個園區不只供養了裡面的人，外面的人也依賴著。幸運的，找到了一個穩定的工作，在這住上好幾年；不順利的人跌跌撞撞，過一天是一天，成天園區內外繞著巡著。

今年過完年回到新竹，看到屋裡幾間房的房門被打開了，我向內望去，大多是散亂的衣物與雜物，有的還有枕頭和棉被堆在地板上，泡麵餅乾等等包裝沒有清理乾淨，四散在房間裡。

房東說過，每回過年總是這樣，他早有心理準備，有些人再也不會回來了，年前約定的繳清房租，最後只剩一間空房和許多遺棄物。這屋裡有幾間房是雜物間，存放了許多遺留物，每次缺什麼我總會向房東反應，看看有沒有現成之物可撿。

走過一間空房，房東剛好在清理裡頭的雜物，見到我很熱情地分享：「欸！這些衣服還不錯，你要不要來挑一下？」

我禮貌性地搖搖頭，上樓前瞥一眼房東，他正把這些曾穿在某人身上的衣服放進黑色袋子裡回收。這時才感覺到這房裡遺棄物不是什麼現成的生活物件，而是一個個曾經希望或失望的故事，儘管這些故事到最後誰也沒帶走，只是無限期延續了租約，盤據在房子裡。

因為翻譯，跟這些移工偶爾在樓梯間見到，還會點頭打招呼，後來疫情越發嚴重，連在屋裡都得戴口罩，每個人都只剩一雙眼認也認不出，又回到陌生人的狀態。不過，在這個見到門比見到人還多的透天厝裡，有過短暫的連結已經很難得了。簽約時，我問了那表姊多久回去菲律賓一次，她說以前一年一次，但這次已經一年多沒法回去，因為疫情。本來一個小時多的飛行時間被硬生生拉成了未知。在菲律賓的三歲多的兒子只能給父母照顧，藉著網路視訊見面聊天。

我的生活頗為封閉，二〇二〇年疫情爆發時對我影響並不大，那時網路流傳一個迷因，畫面是一個人哭喪著臉表示瘟疫來了，自己的生活怎麼都沒有任何改變，看來諷刺又悲涼。但在這幢透天厝裡，還是能感受隱隱約約的不安，突發而來的肺炎，有些臨時工被公司解僱了，之後也不好找工作，住樓下的一對小情侶，男孩開始跑UberEats，臉上表情總顯無奈。還有一個中年女子，在屋裡經常與人爭執，誰腳步重了，說話聲大了，在房裡抽菸了，她會馬上反應給房東請求處理。幾次凌晨，她直接大力敲打某間能聽見說話聲的套房房門，要他們安靜點。幾次衝突，最後連警察都叫來了，說要控告對方。

女房客因為健康因素，覓職並不順利，大多時間都待在房裡，直到沒有錢付房租，仍指著合約上哪一條表示自己有居住的權利，不願離開；房東只想息事寧人，希望她的家人帶她回去，但家人對她也是沒輒，半放棄地不知怎麼辦。這女房客雖總是盛氣凌人，面對現實狀況，還是有清醒時刻，那時新冠肺炎急速發生死亡案例，全世界一片哀嚎，死亡人數直線上升，臺灣也開始有確診死亡數字，整座島瀰漫著恐慌，房東看到房客總不忘叮嚀要戴口罩常洗手，說這事攸關生命，這女房客面對這提醒只是冷冷反應，這病帶走了那麼多人，怎麼不把我帶走。

女房客確定搬走前幾天，房東來訊要我幫忙，希望可以到現場錄影，表示一切合情合法。本來答應了，後來想想還是回絕。畢竟我也只是個房客。

這屋人來來去去，但有些什麼沉重的，怎麼動也動不了。還好附近就是高速公路，幾分鐘就能觀賞流動的車潮。我特別喜歡居高臨下，望著高速行駛的汽車向人而來又呼嘯而去，似乎什麼都可以不顧地拋下。周五晚上，高速公路會塞成一座停車場，綿延的車燈一個挨著一個，那景色通常比星空更迷人。

沿著這條連接高速公路兩邊的道路直直行駛，十分鐘內可以抵達臺鐵新莊車站，一個右轉，景色馬上不同。第一次到這裡，是剛到新竹沒多久的夏日，完全不同新竹老城的古味，馬路是寬敞的人行道，行道樹筆直蔥鬱，陽光在樹葉上閃著，兩旁新建大樓比鄰，一樓是各種高級店面，餐廳咖啡館應有盡有。大樓之間夾著一座公園，緩和了促狹的都市空間。不知道這裡叫什麼，我和同行的朋友自行命名為「新竹加州」，是那天的藍天、陽光，和自我感覺良好的慵懶與洋派。

這個「新竹加州」成為我常訪之地。最喜歡坐在麥當勞的戶外座位，靠著欄杆，看著人行道上穿著制服西裝的上班族，或是掛著識別證的工程師，假日時則是一對又一對的年輕夫妻，抱著小孩推著嬰兒車，往公園走去。整個街道呈現蓬勃活力，到處都在萌芽的都會感。

一直到後來，我才知道這裡叫做關新里，新聞說，是近幾年臺灣的首富里，主要住戶是園區的上班族。

新聞還說，這裡沒有低收入戶，居住人口平均年齡三十歲以下。

看著這些新聞，我才意識到，我沒有認識任何一個竹科工程師的朋友，真的，一個都沒有。

一〇一大樓

從南港運動中心游完泳，沿著玉城街往忠孝東路走去，抬頭一望會看到一〇一大樓，矗立左手邊，每次回家前總會觀察一下大樓模樣與燈光，雖然總是那樣。天氣差一點，大樓尖頂會被雲霧遮住，似乎世界等一下就會壓下來。

住在有標的物的城市是幸福的，渾渾噩噩過了一天甚至是一生之後，還有一個什麼東西矗立在那裡，可以倚靠。靜止的建築物停頓了時間與空間，在路燈下走過的人群像是油畫裡錯落的顏料，不能近看，遠觀才能發現是城市裡的構成物。

很多年前，參加一個朋友的派對，在邀約的訊息他說，我家陽臺就能看到一〇一。現在想來，吳興路頂樓加蓋的陽臺，那些人影，酒氣，紛雜的各式語言都是一團霧氣，只有近在咫尺的一〇一才是最後的印象，那不斷閃耀的燈光，一層一層樓往上爬，可以看著一〇一睡著的生活似乎是另一個模樣。

難逃虛榮。人總愛說自己住的離什麼地標地景很近，甚至每天上下班都經過，把別人的特別歸納成自己的日常，忘記了每日走過巴黎鐵塔東京鐵塔時代廣場，跟狂歡興奮的人錯身，那些雀躍不見得會感染自己；但如果能這樣對別人說，似乎就有大方度別人的假的成就感。

城市的人需要一種依靠。人不可信，只有建築物。地標的崩裂是信仰的威脅。九一一的畫面不斷的重複，那些畫面成了一種警句。當沙塵取代高樓時，一瞬間聲音都沒有意義。之前，一個以飛翔姿勢往下跳的人，被攝影機捉住了，放大放大再放大，一團黑影看不清表情，剩下可想像的疼痛與絕望。

著火的摩天大樓，一部電影。七〇年代沒想過的恐怖與飛機襲擊，展覽先進與繁榮的摩天大樓，因為人為因素而開始一場夢魘。電影裡的消防局長說：救災只能到七樓，為什麼大樓要越蓋越高，在那集體瘋魔的向天要地的時代裡，這是不可理喻的問句。影片竄出火焰的樓層，著火的名流，尋找著解決方式的人們，警告著一個現代化的夢想。

一〇一落成時，還在副刊工作。編輯過一篇文章仍有印象。那是李志薔所寫的〈天堂之梯〉，敘述者回南部家鄉探望自己從高樓工作跌落的弟弟，想起兄弟之間的差距，勞工的辛苦，與那種難以言喻的情感，與無可扭轉的現實。文章特別提到一〇一大樓，風光亮麗背後，一群工人危顫顫走在垂直上升的工地鷹架，三一一地震時，五位三十出頭的工人不幸掉落。如今那充滿上班族與觀光客的建築物，是一張張照片與臉書打卡，那網路上的符號，標記的是什麼？

然而，落成的地標還是必須。曾經是全世界最高的建築，曾經在恐怖攻擊照片中殘破不堪的形體，近來是世大運的外國選手們，自拍大喊著I love Taipei的地點。那美國選手甜美的聲音，對著玻璃窗外的景色大喊著amazing。電視臺不斷的播放。外國選手也愛臺灣。外國選手也迷上一〇一美景。外國選手覺得臺灣美麗。這些建築物擔負著被愛的必須與責任，觀看著期待著那樣的肯定與驕傲，一點點的失望都是挫敗。在鏡頭前的人們與有榮焉。

女作家聰敏的筆，寫著感覺有點奢侈的事，城市生活中一點點確幸的事。看著一〇一或許就是件奢侈的事情。沒有目的的遙望，近看，甚至由上面向下俯瞰。那個因觀看而存在的目標品。我在每日的生活成全它，完成它，使它成為盆地的必需品，圍繞它而行動，因它而有方位，參與這城市最高傲的象徵，成為一分子。

在永和居住的時光，隔著從河堤可以遠遠看到一〇一大樓。像一個火柴棒插在城市邊陲。就等一年一次，跨年的時候這火柴棒會冒出火花，讓整座城市沸騰。遠遠看著火花，還有微弱的爆破聲，像是聽著什麼斷弦的樂音，那些脫序的音符都轉換成瞬間的閃光，物質不滅。有一年我直接在火柴棒底下，歡呼倒數，那種時間到來的時候大喊新年快樂，我現今必須承認不是真心的。於是我再也不去倒數，人生無趣的一天一年過，不用找一個誰一起去倒數，真的倒數的是彼此的關係。

關於九一一的一個微電影我仍記得，一個老先生住在一棟公寓，陽光被世貿大樓遮住了，他成天生活在黑暗裡，陽臺上的盆栽永遠養不活，他不快樂，生活不順心，不信任，不開朗，對於一切都不滿。在他改變自己生活那刻，窗外突然有了陽光，那崩落的陰影慢慢照上了他的臉，一種溫暖。

其實，我仍想望著住在某個地標物附近，跟地標產生連結。一〇一只是一個練習，一個為了尋找標的而猶疑的練習。每日打開窗戶能被迫提醒身在何處，然後出門時在遊客與居民中穿梭，任意改變自己的身分，最好是一座橋，最好是一座門，最好是一座塔，最好的地標是用來經過的地點，等著抵達與離開。一〇一那樣的等著，雖然心安，但又擔心不知道去得了哪裡。

全家就是你家

有些事情，總讓我很難理解，比如在大眾運輸系統裡追劇、講電話或玩手遊，或直接放出聲音來。

那種感覺像是隔壁姥姥在教訓孩子，孩子哭天喊地姥姥興致一來還拉高音調，整條街都上演這齣戲碼，悲傷與憤怒同時飄蕩空氣中。總說別人家務也不好多說，但是那聲音卻把左鄰右舍也拉進了爭執，隔天要問不問的，孩子還好嗎，昨天怎麼這樣……

上回在天母金石堂，差點就要當別人的姥姥教訓孩子了。兩個小孩蹲跪上店裡的沙發上，底下是當期的雜誌，四雙小膝蓋壓啊搓的，那雜誌已被蹂躪得不像樣了，本來是意氣風發法拉利跑車的封面，皺得像是掛在路邊的抹布，若是因為讀得入神，起舞不自知也就罷了，偏偏兩人在沙發上搶一支手機，那音效可大了，是軍隊出征的緊張。這家書店我挺喜歡的，在實體書店萎縮的年代，少有閱讀的天堂，這兩個小孩卻打破了殘存的美好，家長在一旁看著自己的書卻不理會，也是啞然，愛書的家長愛小孩過了頭，還是書店說穿了就是休息的地方，像郊外野餐。

這讓我想到最近流傳的幾個影片。一個媽媽在速食店的桌子上，大剌剌地替小孩換起尿布來，可以想像尿布解開同時，整家店充滿屎尿味，影片中還有許多人在用餐，全都混在裡頭了。還有一個影片，是兩個女孩到便利商店裡替狗剪毛，留了一地的狗毛；另外，則是一群大媽占領了便利商店的用餐區，拿著切好的水果拼盤與食物，吹著冷氣聊天無顧旁人，垃圾滿是桌面桌底。有網友出來表示自己是便利商店店員，見怪不怪，到假日垃圾桶爆滿，廁所常壞，不消費的人很大方的在裡頭休息，不讓位給用餐的人，他總是很直接趕走這些人，自然也被兇過，還被威脅客訴，他倒是很坦然的說，去啊，你連消費都沒有，連客人都稱不上，怎麼客訴。

這態度引來一連串的讚。

到客人家拜訪，主人總會說，不用客氣就當自己家，就連便利商店也這樣說，

「全家就是你家」。在這個什麼都是服務業的時代，消費者意識高漲，自身的分寸未懂得拿捏，反倒要求對方，希望「處處為家」了。各種看似在私領域誇張的行為，全都放到光天化日了。要說見怪不怪倒也怪了，畢竟太多事情不怪反倒自己怪了。在手搖杯飲料店可以為了多少糖多少冰跟店員起衝突，一改再改看似誇張也大有人在。再小的事都是大事。這個到處求服務的社會，孵育出的處處不滿的氛圍。

我曾經想過為什麼自己那麼排斥手機放出的聲音，也跟朋友討論過，在公車上，兩個人說話的聲音或許比手機影片還要大聲，但是電子產品聲響特別令人不舒服，那是一種私領域過渡到公領域的威脅，朋友說這是道德問題，手機與主人是兩人關係，一種買賣契約，那些歌曲，對話，遊戲都是私密的，因此我們不舒服，被強制帶入那些私有的領域裡。在真正的買賣契約裡，隨意要求的客人們，是個人主義過度膨脹的結果？還是為了釋放生活上的無力與不滿，不自覺轉成一種毋需理性的行為，以服務之名，想怎樣就怎樣。

這是全民影像的時代，處處成為展演的空間，那些流傳的影片，證明了拍攝已是隨時監／窺視的行為。我特別認同麥克魯曼所說的，網路突破機械時代消息傳播的限制，彷彿又回到口語時代，以口耳觸覺接觸；網路特性讓社會「再族群化」，藉由瀏覽參與留言，形成群體，但其集體性與煽情的風格，讓人在消息傳播中喪失了機械時代那種理性。臉書「爆料公社」是很好的例子，一個一個人提供的大小事，擠滿上百則留言，正義之士，肉搜，充滿集體情緒的頁面，上千個大拇指憤怒哀傷驚嚇的臉。這些事情竟也變成了新聞畫面，一個沒有繳停車費的機車騎士被拍了下來，然後早晨午間晚間不斷播放，電視記者用三分鐘反覆播放這畫面，想盡所有的說法來延長這幾秒鐘的投機。這是正義也被膨脹與消費的時代，情緒是換得資本的手段，然而，卻彷彿真又有那麼多事情可以被拍攝，天天不愁沒事情可以煩躁，到底我的不悅來自於這些事情，或是我已經習慣被這些不悅餵養，我是新族群的一員，儘管以為自己立下了距離，但還是加入了粉絲網頁。

在忍與不忍之間總是難以取捨，有那麼多不滿的影片可上傳，但多少人在當下出聲了，若出現這樣指責，馬上就會被指責回去：「你最正義為什麼不出面？」我是不是要出聲制止這些放出聲音的人，還是接受這是公共場合他也有權利放出聲音，這種似是而非的謬論，不然連說話的人都應該閉嘴，大家安安靜靜。我想是哪裡出了錯，這些事情或許反映出比「公德心」還要大的課題，長久覺得受到壓抑所以非理性也是一種正當手段的思維，也許是這個社會正在償還的債務。

在里斯本朗讀

六月底去了一趟里斯本。

這是第二次去里斯本。兩次都是因為開會。第一次是歐洲漢學會議，結束之後獨自去里斯本旅行。本對這座城市沒什麼想法，抵達之後，卻是發現寶地般地喜歡上這裡的愜意。拖著行李尋找民宿，輪子在斜坡碎石路上叩叩叩響，冒著汗，在無盡小巷裡繞著。終於找著了，在一條窄巷裡，民宿不大，我只得一間小房，但是幸運地住在小陽臺旁。南歐的屋子的色彩總是繽紛鮮豔，常有走在畫裡的錯覺。陽光燦爛的城市裡，獨特的風光就是外頭披滿各式各樣的衣服，風一吹，像旗子一樣搖晃著，站在陽臺看飄揚的衣服，似乎就可以待一下午。

喜歡城市有時很難說出理由。就是那種氣氛，什麼也解釋不來。那些曲曲折折的小徑，跟不時傳出來的葡萄牙歌謠。還有電車。里斯本電車不大，爬上爬下時有種坐遊樂園碰碰車的刺激感。每回上車，會遇到一些年輕人，站在車外，他們像在城市衝浪，甚至可以沿路與人擊掌。

這次來，是參加短篇小說會議。以一個朗讀小說的作者身分。

里斯本大學不在市區。這次看到的不是南國風光，而是城市的大廈高樓。這次的民宿是一人公寓，除了開會，我常常待在家裡，從窗戶往外看，內院裡是年輕的科技新貴，不變的是，大樓的窗戶外，依舊曬滿衣服，風一吹，馬上提醒自己又回到這座歐洲的邊城。

這也是第二次來參與這個會議，上次是四年前，可惜許多當時認識的朋友，再見到面已經陌生。四年前跟一群愛爾蘭作家在維也納街頭喝咖啡聊創作，對我來說是活動最大的亮點，我聽著他們說著在愛爾蘭寫作的點滴，文字創作者可以跨越地域，為著累積作品，訴說一個個故事而奔波忙碌。寫作因為語言而產生隔閡，但是創作的本質卻又超越語言，在異國，我們靠著經驗而連結，寫作者可以封閉，也可以開闊。

來到里斯本，我的朗讀場次排在第三天，主持人是熱情的美國作家Robin McLean，她是作家，是律師，也是社會運動人士。我朗讀了多年前的寫的一篇小說〈撿神〉，改編自小時候求神的經驗，八〇年代的臺灣，人人瘋狂大家樂的當下，人們到廟裡求明牌，賭輸之後，又生氣無理破壞神像。朗讀這篇臺灣的宗教賭博有關的小說，本以為文化地理隔閡，會造成理解的困難，但似乎是多慮了，故事的細節，替這些遙遠國度的聽眾們，描摹了一個陌生的小島之國。朗讀之後，只寫短篇小說的Robin問了朗讀者們一個問題：在跨文類的創作中，是怎麼決定題材的表現形式？對於寫作者，這似乎不是作者的決定，似乎是題材領著作者去尋找適合的型式。隔壁的美國作家，對藝術形式有不同的堅持，他強調每個文類都有一種發聲樣式，他在創作之前，就會有自己的想法，怎麼發聲最好，像是劇本，那些對話怎麼浮出，那些人怎麼行動，遠遠不同於小說。

Robin一直邀請我去她與朋友組的圓桌討論會，主題是小說家要不要書寫政治。有趣的是，討論會上各國的作家，小說都是以政治為主題，書寫澳洲種族政治、美國的中東軍事活動、葡萄牙過去的獨裁政權等，在討論是否要寫政治之前，有人提出當今有辦法不寫政治嗎？引起了激烈的討論，現在的作家，不知不覺，就會書寫政治，就算逃避不寫，也是一種政治行為。小說是不是還能影響人，威脅權威，是在場的寫作者反覆思考的問題。作家若放下了筆，不寫政治，似乎也放棄了自己的力量。

一天晚上，跟認識的朋友吃完了飯，獨自一人坐電車回家。轉個彎，突然認出了這個景色，觀河的平臺。四年前來的時候是下午，露天咖啡座坐滿人，天氣正好，藍天與河水的映襯讓這座黃色基調的城市，更顯鮮豔。夜裡的平臺人少了，我和一群觀光客等著車，噹噹噹車子到了，一個小男孩站在樓梯口不進去，記憶突然湧了上來，等一下就會到里斯本最熱鬧的奧古斯塔街，走到底是商業廣場，可以看到像海一般寬的太加斯河。

在奧古斯塔街我下了車，走在熱鬧大街上，世足熱，餐廳的侍者都穿著葡萄牙球衣，街上飄揚葡萄牙國旗。舊地重遊，或是再度參與同一個活動，總帶著一種複雜情緒。是對過去的連結，還是創造新的經驗。時間過得太快，生活又過度緩慢，四年前的旅遊與會議都還太近，所有經驗都來不及汰換就混雜在一起。今年葡萄牙踢得正好，一路過關斬將。四年前則是德國得了冠軍。那時我還在德國，經歷了舉國歡騰的喜悅。不過這次德國隊的表現，讓人覺得四年前都是場夢了。

里斯本難得下雨，地上仍潮濕。白天的文學與夜晚的足球，都在倒影裡混在一起。寫小說就是需要一個這樣的時刻，當城市出現適時的陌生感，那些欲言又止變得清晰可聞。是該提筆的時候了。

歌德沒說的話——在海德堡

德國文豪歌德（Johann Wolfgang von Goethe）說：「我的心遺留在海德堡了。」（Ich hab' mein Herz in Heidelberg verloren）。

德國作家認識並不多，但寫《少年維特的煩惱》的歌德總是知道的。年少時，總愛把少年維特改名成少年維持的煩惱，完全不懂主角對情愛的瘋狂與後來的徹底絕望，只懂得把東西搞成低級笑料。但是笑話歸笑話，能讓文豪撂此狠話，這城也不是省油的燈。

海德堡（Heidelberg）位於德國西南內卡河（Neckar）河谷之間，是世界著名的大學城。海德堡大學（Ruprecht-Karls-Universität Heidelberg）成立於十四世紀，是德國境內最古老的大學，在人文主義與哲學知識發展有舉足輕重的地位。記得初初抵達當下，還在期待是不是就此走進美麗的校園，但眼前只是一條道路，兩旁是各式精品餐廳。向一個像學生的年輕人問路，一句大學在哪裡讓他皺起眉頭。我還以為發音哪裡錯了，正要改口，他只是緩緩的說，大學，大學到處都是。

不經過他的提醒，完全體會不出已身在大學。與牛津劍橋不同的是，海德堡大學並沒有自成一體的學院，各個系所散布在老城建築屋中，學生得要靠門口的指示牌，才知道圖書館、大學行政中心、某某科系在哪。在大學城裡，一個系所到另一個系所上課，可不是橫渡校園即可，有時可要跑遍整座城市。即使來了多年，這些隱藏在商店民房的大學單位，對學生來說仍是祕密寶藏一般，上個課還要查google map才行。這位年輕人很熱心領我去看大學建築的指示牌，還特別告訴我，在海德堡問大學在哪裡，是最難回答的問題了。這就好像在海德堡要見到海德堡人，也比什麼都要來得難。

的確，這座城市人口，有五分之一是學生；而眼前所見，街上幾乎是遊客，各個國籍都有，耳邊聽到的不只德文，特別是美國腔的英文，此起彼落，馬克吐溫的海德堡書寫，電影《學生王子》的成功，美國人對於海德堡的浪漫幻想，還有不遠處的美國軍事基地，增添這座城市濃濃的他地風味。

循著哲學家步道（Philosophenweg）指示牌往上走，這樣行走方向是進城，對岸老城、城堡與內卡河沿路盡收眼底。如果從另一頭的陡坡上山，心還沒留在海德堡，汗已經流得不少。

哲學家步道，是一條見山見河的山腰小徑，眺望老城的好地點。海德堡一段的內卡河谷並不寬敞，從步道眺望對岸，老城紅瓦屋教堂城堡相當清楚，每走一步，對面老城似乎也晃動一次。近距離與大房舍的空間落差上造成這樣的錯覺，城市變得活脫脫，與古老氣質不同。

對照步道上的海德堡舊圖，是十七世紀學者 Matthäus Merian 走訪日耳曼幾處重要城市所畫成，上頭還是當時的學術語言拉丁語。幾百年來海德堡的改變不大，現在路上騎車的小孩、遊客，和德國無時無刻都出現的慢跑族，與百年前的歌德、黑格爾、音樂家舒曼享有相同的風光：黑格爾在這裡與同事進行哲學辯論；而據說歌德下午總是固定在這裡散步，如果在臺灣，或許就有什麼追追追的節目，每日下午派人來感應歌德了。

從蜿蜒「蛇徑」(Schlangenweg)下山(中文稱作羊腸,德文稱作蛇,德國人可能也難想像羊腸的模樣),經過一處斜坡,沒有樹木,整座城市完全開展眼前。拍照時,身旁一位氣喘吁吁的大嬸,趴在欄杆上問著還沒到嗎?我暗自慶幸還有氣力悠閒散步,那人繼續抱怨,好累啊,每天這樣爬怎麼還有辦法思考?這種想法倒也是另一種哲學。

●

前往海德堡古堡,可直接搭坐纜車,或是爬車站旁階梯或走斜坡散步上山。我通常選擇爬階梯,階面上有白漆數字,告訴你現在走到哪裡,階梯兩旁多是歐式兩三層樓洋房小花園。海德堡這些舊洋房,多是祖厝,沒人想賣,也沒人買得起,這些房子充滿童話氛圍,走過三百多階,童話故事的盡頭,抵達城堡。

一九一四年,當時已經六十五歲的歌德到海德堡拜訪好友,卻與朋友的未婚妻瑪麗安（Marianne Jung）一見鍾情，兩人通信傳情一年；一九一五年再次見面，古堡是他們愛情的見證場所。瑪麗安在一九二五年，為慶祝歌德七十五歲生日，並紀念與他的一段感情而寫成的詩句。詩歌對面的銀杏樹，歌德曾拾起兩片落葉貼於信紙，以銀杏為主體寫了情詩獻給瑪麗安。

少年維特的煩惱，也是老年歌德的煩惱。城堡花園（Schlossgarten）內如今豎立歌德像，雕像旁的貝殼灰岩長凳，是為紀念歌德的詩集出版，於一九二二年所建。椅背上雕了隻戴勝鳥，意味傳遞愛情，石椅刻有歌德與瑪麗安的詩句，互訴情衷。歌德的生平與作品，總脫離不了對情感的渴望與表達，當然，這浪漫的背後可能還是有些心酸被忽略，像我望著歌德銅像時，腦子竟然閃過《犀利人妻》謝安真抱著衣服，窩在洗衣機旁大哭的畫面。

歌德遊歷多地，甚至連法國都有他的雕像，這銅像不過眾多之一，說實在話，也沒有特別漂亮，因此，也沒有多少遊客特地停住腳步。但這樣也好，我坐在石椅上，無人打擾，欣賞這當時被譽為「世界奇景」的城堡花園，沿著山坡一層層建構如一般宮廷花園之寬敞感著實不簡單，但經過時間沖刷，這花園倒是縮水了許多，一旁仿希臘神話海神雕像的噴水池，因生苔散布抹去了些優雅。草圃上幾個德國家庭一家人野餐，小孩奔跑跌倒又塞幾口麵包；情人沿著欄杆依偎散步，襯搭遠方房舍紅磚屋頂、老橋與內卡河，乾淨的陽光從林間映照，浪漫主義的興起與歌德息息相關，當然也與這景色息息相關。

●

回到老城，特地走到河邊的Neckarmünzplatz，去一家名為炸排屋（Schnitzelhaus Alte Münz）去吃晚餐。這家店並不難找，就在小廣場上，門頂掛有大圓牌，不懂德文沒關係，只要看到Heidelberger 和兩個重疊的紅色字母ＡＭ就沒錯。店內不大，夏天時廣場會擺桌椅，不愁位置，但是秋冬時最好先預約，不然可能會失望而歸。大大的炸排（Schnitzel），幾滴檸檬，加上炒馬鈴薯，是德國人傳統的家庭料理。這家店提供的醬料超過一百種，光是菜單尺寸就是兩張Ａ3大小，還兩面印刷小級字。搞清楚所有種類並選擇，並非短短幾分鐘就行，服務生不會催促你，先問你喝點什麼，再讓你慢慢決定。菜單裡有許多新奇口味，像海德堡、上海等都成為醬料名稱。如果想每天一種試完所有口味，那得在海德堡待上四個月才行。

端上來的主食就是兩塊大炸排，外加一份沙拉與一碗薯條，分量極多。我點了「海德堡」口味的炸排，德國肉汁加上大量的蘑菇，因不像臺灣滷汁那麼鹹，肉汁的口感更為溫和，沾著薯條一起吃也順口。肉排細嫩，即使放了一段時間，也不因麵衣吸醬，失去酥脆口感變成油膩。是意外卻也不那麼訝異，這家店一半以上的客人都是美國人，可能是美國旅遊書推薦，美國腔一句來一句去，好像到了美國。不知道他們會不會被兩塊大炸排給迷惑，就把心遺留在海德堡了。

酒足飯飽，上網找資料時才發現一個事實！原來這句「我的心遺留在海德堡了」，其實是一九二五年，F. Lohner-Beda與E. Neubach作詞、F. Raymond譜曲的輕鬆小曲。早期海德堡學生口耳傳唱，外國學生也要學唱幾句。這不是歌德的名言，他並沒有把心遺留在海德堡，咦，這樣說也不太對，不過既然大家都說這是他說的，我想他也不會推辭的。

上與下，下與上——至斯圖加特訪Y

幾次到斯圖加特來，都是拜訪Y。說拜訪也不完全正確，嚴格來說，主要是因為Y有事得離城，我便過來替她照顧寵物，如此一來，Y的住所便順理成章成為我的度假小屋。話雖如此，但我總無法說自己到斯圖加特度假。這城市給我的不是休憩感，而是莫名的急迫。包圍市中心的山坡，圈出這城市的腹地，走在市區，第一時間，會被這樣的景色給迷惑，山坡上的房子並不遠，德國南部的紅磚房舍，一簇簇散落，呈現一種垂直感。這德國西南部的政治經濟中心，巴登符騰堡（Baden-Württemberg）州府，賓士與保時捷的故鄉，處處展現富庶完美面向，乍看教人喜愛，卻又慢慢生出疑惑。對我來說，走在市區裡總會突然一刻，覺得這些房舍如擺脫不了的眼，那種擁擠使人無所遁逃。

Y的房子，便是山坡上的屋舍之一。二戰之後斯圖加特如大部分的德國城市毀壞嚴重，重建之際便要復原古老並新生現代建築。Y為了向我介紹市區的建築物，將相機當做望遠鏡，在液晶螢幕上擷取城市角落，賓士博物館（Mercedes-Benz Museum）弧狀現代建築，三角星藍底的賓士標誌特別搶眼；輕輕轉身按下快門，景色卻換成古色古香的舊宮殿（Altes Schloss）與符騰堡歷史博物館（Württembergisches Landesmuseum）。這被山圈繞的城市，似乎不在其中，才能體會歷史、科技、經濟交融的抽象風光，無法省略的身世關鍵詞。

●

Y是我博士班的同事。在德國到了博士班，已不互稱同學了，博士在某個定義上已是職業，只是不給薪。Y來自四川，同為外國留學生，生活學習經濟等等的壓力，常是日常話題。Y碩士主修語言學，一口道地流利英文，但在說德文的環境似乎有些伸展不開，而我仍在英文德文兩種語言間掙扎，Y人總是好，肯花時間聽我一句一句朗讀，糾正我的發音，口語表達。每當我感到無力，腦子的聲音如無頭蒼蠅，Y總是笑著鼓勵我：「這很正常，不用急。」

同為留學生，生活學習經濟等等的壓力，常是日常話題。笑談這些事，對我仍是現在式，但對Y或許可是往事了。剛拿到博士學位的她神情爽朗很多，跟之前無奈煩躁的情緒大不同。我們散步到附近一間名為「企鵝」（Pinguin）的冰店，Y說這是斯圖加特名店，一年只開春夏兩季，生意特好，就算秋冬歇業也不打緊。我雖不覺口味有過人之處，但往前幾步也懂這家店的特別。我們站在緊鄰城市的平臺上，腳下是湧出的水池，人手一支冰筒或坐或站在歐卡（Olga）王后全裸的雕像下。據說一八九〇年代決定豎立雕像之時，有大臣向她提醒，王后裸著身子被人觀看總不適當，但歐卡不為所動，還將婀娜身軀正面大剌剌立向城市中心。這種女性氣派不得不教人佩服。

●

往山下走，不難體會為何斯圖加特被稱為階梯的城市，沿著房舍、樹林，總可以找到階梯前行，回望歐卡王后噴水池，建築師頗具巧思，利用階梯高低差錯覺，即使離得遠了，仍讓人覺得水就快流至腳邊。一群遊客與我們反方向上山，其中一位婦人戴著紅色頭巾，黑色長衫襯底，外頭是紫藍紅黃等色直條紋兜裙，朋友告訴我這是當地斯瓦本地區（Schwaben）的傳統衣裳，乍看有點像清掃工，莫名印證了聽過斯瓦本刻板印象：人們總是在清掃。

斯瓦本人的嚴謹、節儉，甚至不苟言笑的特點在德國相當出名。斯圖加特乾淨整潔，有條不紊，多少要歸功於斯瓦本人的辛勤努力，但如此形象也被定義為呆板無趣。Y家門掛著一張打掃輪值表，這星期輪到他們整理公寓，下星期得把這表格掛到別人家門。這表德文稱為Kehrwoche（打掃周），這樣掛上輪值表的現象，據說只有斯瓦本地區才見得到。

●

走向城裡最熱鬧的國王大道（Königstrasse），擋住我們是一大群的抗議人潮。許多寫著「Stuttgart 21」的布幔被畫了斜線，連總理梅克爾都成了諷刺肖像。「斯圖加特21」建案要將斯圖加特火車站改為地下貫穿，與歐洲高速鐵路結合，可快速前往巴黎維也納布達佩斯等重要城市。但高額的建設經費及對城市景觀的破壞，從二〇〇七年開始就是持續爭論的議題，二〇〇九年還因抗議活動造成警民衝突，在德國相當少見。舞臺上灰髮中年男子呼喊激烈，透過大螢幕，呼籲大家別讓政府決定自己的家園，要挺身堅持不讓建案順利進行。抗議與逛街兩股人潮在國王大道上流動，不遠處宮殿廣場（Schlossplatz）草坪上，享受清閒的人群或坐或躺，三兩談笑。

遠離抗議人群，我們轉進當地知名餐廳Ochs'n Willi，裡面提供斯瓦本風味料理。Y特別推薦斯瓦本德式餛飩（schwäbische Maultaschen），塊狀餡料由奶油豬肉洋蔥菠菜混製而成，包裹黃色麵皮內，如義大利餃大小，水煮後灑上油蔥，並搭配馬鈴薯沙拉與特製肉汁，上盤橘黃白褐顏色混雜，簡單的美感。另外又點了「蓋斯堡遊行」（Gaisburger Marsch），斯瓦本鍋料理，嚐起來像清燉牛肉麵，內有馬鈴薯片及洋蔥，主食是德式麵疙瘩（spätzle），成分為雞蛋和麵粉，比臺灣麵疙瘩小一些，是南德常見麵食。我曾吃過德式麵疙瘩炒起司，也是相當美味，入口咀嚼先是脆軟麵團，帶著焦味，接著是一股濃郁起司，口感層次多。

飽食之後，與Y趕搭電車往山上駛去，拜訪斯圖加持的代表建築：一九五六年建立，高約二一七公尺，全世界第一座混凝建築電視塔。這座電視塔，也是德國戰後復甦重建的重要指標。計算時間就怕天色全暗，幸運的是，剛好等到日落前所謂的「魔幻時刻」，天色一半火紅一半灰暗，兀自佇立的高聳電視塔，被油畫般背景凸顯後更加巨大。塔體閃起點點藍光，塔上餐廳與觀景平臺一片漆黑；原本以為能上去欣賞夜景，Y卻說因安全考量，電視塔在今年三月正式關閉，不對外開放，已完全隱退成單純的景色，座落城市上方。

隔日，想遠離市區，聽Y建議前往市郊。一個人前往西邊的「符騰堡墳塋教堂」（Grabkapelle auf dem Württemberg）。下圖爾幹（Untertürkheim）一帶，是斯圖加特著名的酒莊區，每到春秋，總有特別開放時間，邀請旅客到酒莊內暢飲，此時門口會掛上掃帚表示開放，德語稱為Besenwirtschaft（掃帚酒館）。我雖沒拜訪開放酒莊，卻意外遇上新酒節慶，吃食小販與當地酒攤沿環型小徑營業，德國人試酒習慣便是一家喝過一家，長凳上人手一杯新酒，談天說地。我躍躍欲試，買了灑滿芝麻的長麵包，又點了杯白酒，水果香味濃醇，偏甜，我一向怕白酒殘留的澀味，但這一點也沒。

符騰堡墳塋教堂，外觀褐黃，內裡肅靜白，是符騰堡國王威廉一世為第二位王后凱薩琳所建。凱薩琳本是俄國貴族遠嫁德國，可惜去世突然，威廉一世難以忘情，這教堂便是最好見證，門口寫著「愛永不止息」（Die Liebe höret nimmer auf.），死後兩人合葬此處，地底是這對璧人的棺柩。

離去時遇到一位智利女孩，她剛來斯圖加特幾個月，學習德文，興奮與我分享這城市給她的驚喜：方便、富庶，跟家鄉完全不同。這女孩熱情，見人總主動攀談，上公車又與司機重複剛剛同我說的話，這城市有多少樂趣與驚喜。我們同時下車，一個德國男子在火車月臺等她，她與那男子又摟又抱，深情款款吻得忘我。

穿過了市區又往上爬，我抵達東邊的山坡，眼前是成立於十八世紀中的孤堡（Schloss Solitude），建築左右完美對稱，外觀塗白，配上寶藍天色，前庭一片綠色草原，還有一區聚集深藍綿羊的裝置藝術，顏色乾淨，對比顯得純粹。在孤堡前草原上，眼前一片高高低低，特別能體會這城市的起起伏伏。

Y說過，住在斯圖加特，煩悶時欣賞山下城市風光，此時若有涼風拂面，心情便會好轉。整日上上下下真的累了，此時的我只想懶懶躺在草地上什麼都不做，如身後孤堡，靜靜俯瞰整座城市就好。

歡迎光臨世紀婚禮——訪蘭茨胡特

進入位於巴伐利亞的蘭茨胡特（Landshut）老城前，我認真讀過網站上的注意事項，上面提到參與蘭茨胡特婚禮（Landshuter Hochzeit）必須穿著中古歐洲服飾。我一身紅衫藍褲，當然過不了關；但腦子馬上又浮出一個問題，東方人穿起中古世紀的歐洲服飾，不知道是怎樣？把這個想法問了接待我們的在地人Harrer女士，她笑著說：「這場四年一次的盛大婚禮節慶，只有蘭茨胡特人才能參加，參與的人的服裝要符合規定。」我自然不必擔心一身二十一世紀的打扮進不了城，但同樣也宣告穿上十五世紀中古服飾的念頭可以打消了。

●

身為國小老師的Harrer女士，對當地歷史十分了解，吃早餐時就先給大家介紹蘭茨胡特婚禮的歷史淵源。蘭茨胡特位於德國東南方，伊薩爾河（Isar）畔，鄰近慕尼黑，是下巴伐利亞（Niederbayern）的首府，這座城市擁有悠久歷史，長久以來在政治與經濟上具有影響力。十六世紀以前，很長一段時間，可說是巴伐利亞首府。一四七五年，正是蘭茨胡特高度發展的時代，當時公爵路易九世（Luwig）的兒子格奧爾格（Georg）迎娶波蘭公主訶德易（Hedwig），這場婚禮舉辦了一周，整座城市狂歡，這就是有名的蘭茨胡特婚禮。

十九世紀末，蘭茨胡特婚禮情景被繪製在蘭茨胡特市政廳牆上。一九〇二年，當地居民為了重現過往輝煌，成立了基金會，隔年起，開始在老城重演當時婚禮，除了兩次大戰期間，這項傳統從未中斷，從最初一年一度，到一九八五年改為四年一度，為期三周的節慶活動。活動時間，參與的在地人便會化身為中古世紀居民，倒轉時光。

親自到了老城，才能真正體會Harrer女士所說的：整座城市回到一四七五年婚禮的喜悅。我置身一場超大型的cosplay，故事內容不是日本動漫，而是小時候常聽到的中古歐洲故事。蘭茨胡特老城主街寬敞，是天然的舞臺，比鄰房舍多為粉色建築，外牆懸掛細長三角旗幟，上面畫有各式職業圖標，隨風飄揚。中古歐洲人錯身而過，我喜歡一般居民的衣服：絨布尖頂帽，白底長衫無袖背心，綠棕雙色相間，鮮豔大色的貼身長褲，腳上則是尖底軟靴，這正是夢中的精靈模樣！小時候看崔麗心姐姐主持的「童話世界」，她說的好久好久以前現在不就在眼前？

●

這歡樂的婚禮節慶，包含許多表演節目，包括騎士競賽、面具戲劇表演、旗幟雜耍等，其中一些得買票。我們選擇周六上午於蘭茨胡特官邸中庭（Residentzhof）舉辦的露天音樂會（Musik zu des Fürsten Hochzeit），票價二十四歐元。雖說表演音樂，但更像音樂劇，主角是來到蘭茨胡特參與婚禮的外地人，想從中獲得一些好處，可是什麼樂器都不會。在丑角的嬉鬧中，臺上演員一曲一曲嘗試重現當時可能上演的曲目：對唱，輪唱，合唱，演奏豎琴、長簫、長喇叭、布鼓等等，全仿照市政廳庭院之圖。

這場婚禮節慶，在地人依角色區別，隸屬不同團體，執行不同任務。在街上，我看到號角喇叭樂團停在蔬菜攤前，領隊指揮隊員賣力表演，老闆最後送了他們兩大包蔬菜，整團樂隊高興大喊：Hallo! 再往前走，小孩組成的歌唱團在街頭舞臺哼著歌曲，神色有點緊張，還是對圍觀的人群揮著手；旁邊是雜耍團表演吞火丟球，邀請觀眾到場內互動；遠處是特技團，成員從小孩到大人，三層疊羅漢，奮力抛人，最後倒栽蔥外加蜈蚣連體前行；弄旗隊在街上闢出足夠空間，對空抛旗接旗，變換隊形，五顏六色旗幟在天空飛揚。

我實在無法相信，這些表演者都只是當地居民，真的沒請特技演員？Harrer 女士認真點點頭：「這些都是在地居民，他們可是花了時間練習。」居民在申請角色時，活動委員會得從他的外型與能力進行評斷，其中還包括有沒有時間配合練習。參加這場婚禮，即使到了二十一世紀，也是沒那麼簡單。

●

主街上的聖馬丁教堂（Stiftsbasilika St. Martin），是蘭茨胡特重要的信仰中心之一，高聳的塔樓直穿透藍天，聽完少女們唱完詩歌，我們走到教堂左翼中段，面前的彩繪玻璃乍看沒啥特殊，但 Harrer 女士要我們再仔細觀察，倏地看出端倪，玻璃上竟然有小鬍子希特勒（Adolf Hitler）的臉，兇惡的他正出拳揍打滿臉驚恐的耶穌。

二戰後德國的藝術家馬克斯拉賀（Max Lacher）為了要讓人記住納粹黨的惡行，將三位當時的掌權人士畫成耶穌迫害者。希特勒底下，是納粹德國的國家元帥赫爾曼戈林（Hermann Göring），他抓著耶穌的腳，讓其倒立在半空中，而左邊是教育宣傳部長約瑟夫戈培爾（Joseph Goebbels），正企圖淹死耶穌。

解說完了，Harrer女士又帶我們目睹二戰時殘留在教堂外的砲彈，黑漆漆彈體如巨大鵝卵石鑲嵌在磚塊之間。身後主街遊客絡繹，婚禮節慶氣氛高昂，喇叭樂笛此起彼落，儘管如此，站在戰爭的遺跡前，所有說說笑笑都變得不得體。這不是歡樂的婚禮，沒人想再重演一次。

●

晚餐時來到伊薩爾河畔草地，如露天百貨公司飲食街，四周是攤販，中間是開放座位。整片草地擠滿人，女侍穿著巴伐利亞傳統服飾，兩手拿著五、六杯大啤酒也沒問題，巴伐利亞大杯喝酒大塊吃肉的文化展露無疑。走在攤販之間，第一次看到小犢牛如烤乳豬，被鐵棍串住圈烤，廚師忙進忙出，那牛很快只剩骨頭。據說當年婚禮整座城共吃了三百二十隻小公牛，一千五百隻羊，一千三百隻羔羊，五百隻犢牛和四萬隻雞，眼前這樣的人潮，或許還能破紀錄不定。

除了大食堂，為了重現當時日常，河邊草地還設立仿中古歐洲的生活營區，區內有帳篷、木製高架、競賽場地，騎士競賽及種種表演都在這兒舉辦。營區只允許穿著傳統服飾的人進入，我們站在籬笆外，一位五歲左右的金髮女孩穿著侯爵服飾，頭戴藍色水晶的絨毛帽，胸前是褐底金線的樹葉標章，藍色絨衣四肢邊上燙金線，喚她一聲，像經過特訓一般，馬上對著我們的照相機微笑，一點也不害羞。這裡的小孩，一旦穿上傳統服飾，感覺起來全都成為洋娃娃了。

●

周日下午的婚禮大遊行（Hochzeitszug），是婚禮活動的重頭戲。兩日來分散城裡的居民將齊聚，一路走過聖馬丁教堂，當時主教見證婚禮之處，直到河畔營區為止，重演波蘭公主抵達蘭茨胡特的盛大遊行慶典。主街兩旁站臺票早已售罄，我們站在路邊，等著遊行隊伍到來，想著這幾天與許多公爵、女侯，甚至一次還與地位最大的路易公爵錯身，就是沒看到婚禮的主角德國格奧爾格公爵與波蘭公主。

這兩天來，我特別喜歡每次表演結束，或是走在街頭，居民都會向大家打招呼大喊：Hallo! 遊行之際，騎士、養鷹人、吹笛人、戰士、市井小民不論任何角色，也會說一段順口溜：「天佑蘭茨胡特，萬歲蘭茨胡特！」最後與遊客一起大喊：「Hallo!」搭配這句話的自然是一張張燦爛笑臉。等到這兩天賣命表演的戲劇團、雜耍團、旗幟團走過，一臺金光閃閃，寶箱狀的馬車終於出現，裡面坐著一身金黃禮服，頭戴金冠的波蘭公主，執著紅花，從窗口對著兩旁人群揮手示意；打扮淨雅的公爵，絨毛帽上插著一支羽毛，金黃腰帶鑲有寶石，騎著駿馬緩緩跟在公主馬車旁。

這場世紀婚禮遊行在熱烈的 Hallo 聲中結束，我往高臺位置一站，整條大街只見人頭，不見地面，洶湧人潮隨著遊行隊伍往河畔營區走去，氣氛高昂。Harrer 女士領我們避開人群往他處走去，一踏離主街，腦子突然閃過一句熟悉的廣告詞，錯過這一次，就要再等四年了。

天才集散地——探哈佛大學

坐上全美第一條地下鐵，雖無電腦液晶控制設備，但地鐵站和車廂看來並不舊。乘坐波士頓地鐵紅線駛向中央廣場站，經過查爾斯河，結冰河床直刺刺反射日光，整條河像條白毯子墊在軌道下。車門打開寒風吹入，對面窄裙女郎身子縮著更緊。

我住進一對波士頓大學博士生情侶家中。只有女孩在家，忙著設計課程作業，她告訴我波士頓是座大學城，小小市區座落超過十所大學，可以到處參觀。對她笑著說好，卻沒坦誠我的行程只有哈佛大學，內心升起莫名罪惡感，像是《社群網戰》中祖克柏跟艾莉卡說：你只是念BU，幹嘛要念書？如果鄰居就是全美最老最好最有錢的大學，有時也只有生悶氣的分。

走出哈佛大學地鐵站就是哈佛廣場（Harvard Square），十七世紀，七百位新教徒拓荒創立的新村（New Village）就在此。地鐵改建之前，廣場中間的書報店原是地鐵出口，外觀還保留「哈佛廣場」幾個大字。哈佛大學位於波士頓北部劍橋市，又是哈佛又是劍橋常讓我搞不清楚，不過這說明了兩間學校的關係，哈佛早期的領導者多在英國劍橋大學接受過教育，延續了英國大學的授課方式。

哈佛舊庭院的宣傳照綠意盎然，樹林搭配草地，四周環繞著棕紅色的古老建築，多是新生宿舍。照片裡年輕學生三五成群坐在草地上聊天，然而現在我的眼前卻是一片白，青春無敵的氣氛削弱許多。庭院中立有約翰・哈佛（John Harvard）的青銅像，綴著白雪，腳尖處特別明亮，聽說摸了會帶來好運。

《社群網戰》裡哈佛新生們，為了加入鳳凰最後俱樂部（The Phoenix-SK Club），得受學長雪地拷問，背誦哈佛雕像三大謊言。第一，哈佛創立於一六三六年，原名「新學院」（New College），並非雕像底座寫的一六三八年；第二，約翰・哈佛並非創立者，他是首位資助者，死後捐出個人藏書與一半遺產，學校便以其名更名為哈佛學院；第三，這雕像根本不是哈佛本人，銅像塑於一八八四年，沒人知道哈佛長怎樣，聽說這只是某位帥哥學生的相貌而已。哈佛大學的校訓是「真理」（Veritas），但謊言似乎也有存在的必要。

之前網路流傳一張照片「凌晨四點鐘的哈佛大學圖書館」，自修室擠滿學生挑燈夜戰，還搭配牆上「此刻打盹，你將做夢；而此刻學習，你將圓夢」等二十條激勵格言。繞過大學廳，終於來到這個「說明哈佛人之所以成功」的所在。溫德納紀念圖書館（Widener Memorial Library）並不對外開放，除非有教職員同行。拜留學生L所賜，隨她一同進入圖書館，站在穿堂，挑高廳堂與大理石磚樓梯就在眼前，往前走是寬敞的學生自修室，每人桌上一盞綠罩燈十分高雅。

●

L領我到紀念廳，哈佛畢業生溫德納的畫像掛在壁爐中央，一九一二年他罹難於鐵達尼號時才二十八歲。之後，他母親貢獻三百五十萬美金建造這間圖書館，紀念廳收藏的是當初捐出的三千多本藏書。從三千多累積到三百萬本，哈佛大學沒想到圖書收藏量會增加那麼快，但當初已與溫德納家族約定，不可改建地表上的三樓建築物，為了容納更多書籍，只好往下發展。現在溫德納紀念圖書館地下共有七層。L告訴我，地下樓層很大，有時黑漆漆的，找本書都挺恐怖的。

溫德圖書館對面是哈佛紀念教堂，夜裡明亮的純白紀念尖塔，是電影中祖克柏被艾莉卡甩掉後跑回宿舍時，不斷出現的建築物。哈佛校園基本上不開放給電影電視拍攝，但這尖塔特別搶眼，出現在許多電影中，標誌哈佛校園。哈佛的創立與宗教有很大的關係，經過不同經營者和校長，教育方針才漸漸與基督教義分開。現在紀念教堂除了供人禮拜，裡頭兩面大牆記著犧牲於兩次世界大戰、韓戰等重要戰爭的校友。

聽L說著申請哈佛所需的高條件，我想起《心靈捕手》的麥特．戴蒙，一個清潔小子能解高難度數學題，還對著教授大喊你知道這對我有多簡單嗎？那時只覺得波士頓劍橋一帶，或許隨便出沒的都是天才。離開校園，L帶我走逛哈佛周邊街道。我們經過祖克柏打過工的比薩店Pinocchio，現在牆上還掛著他的照片；也到學生常去的優格冰店Berry Line，冬天來訪還有空位，L說，夏天時不是這樣的，排隊的人潮常滿到街上。

與L告別，到一家咖啡店取暖，隔壁男子見我背相機，問我是不是來拍歐巴馬的，我很驚訝，他說歐巴馬在前面的查理斯飯店（The Charles Hotel）參加民主黨全國委員會活動（Democratic National Committee），他也想拍照，但是不知為何iPhone突然壞了，他懷疑是情治單位搞的鬼。

美國總統歐巴馬近在咫尺，怎能錯過！喝完咖啡馬上衝出去，但飯店附近大街全被封了，欄杆將人隔得遠遠。最靠近飯店一區聚集抗議人潮聲援烏克蘭，人群高舉烏克蘭藍黃國旗，還把普丁畫成希特勒。站了一會兒，天氣實在太冷，沒等到歐巴馬，我往封鎖的甘迺迪街走去，幾個美國警察見我踏在馬路分隔線上，沒表示什麼又回頭聊天。

●

晚餐到哈佛廣場的Bartley's Burger，見到菜單上的The Barack Obama立即點了。下午沒見著畢業於哈佛的歐巴馬，至少也要在哈佛名店「嘗到」歐巴馬。這家漢堡店展露美國人的戲謔風格，漢堡名稱多為知名人士或物品，菜單上除了介紹配料，還順道做雙關語評論：歐巴馬漢堡評語是喋喋不休（keeps droning on），「碧昂絲漢堡」則是美味夠辣（deliciously hot）。

還好菲達（Feta）羊起司漢堡搭配萵苣、番茄和紅洋蔥沙拉不算太無趣，鹹澀漢堡口感或許是美國人對歐巴馬的想像滋味。這裡的炸洋蔥圈也是名品，乾酥中帶著濕軟。這家店有趣的不只是菜單，牆上掛滿了與哈佛及漢堡有關的標語、牌子與海報，色彩鮮豔又熱鬧，最重要的應該是吊在櫃檯上紅色大布條，上面寫著「華爾街日報票選我們為美國最好的漢堡之一」。

吃完漢堡回到校園散步，夜裡的哈佛橘黃路燈一片柔和。路上仍有許多學生穿梭，心想哈佛學生還真的那麼認真，想上網找出那張有名的自修照，卻意外讀到哈佛學生出面戳破那照片格言全是假，說著哈佛學生才不會這樣死讀書。走過約翰．哈佛的銅像，那腳尖在燈下依舊金黃，我想什麼都可以是假的，但是大家總相信哈佛，這是真的。

窗外有鹿

寫作的時候，常常被外面閃過的影子給分心，那不是行人，而是一隻隻鹿，跑過馬路奔向山徑，往山上爬去。

在臉書或是ＩＧ上，我最常發的炫耀文，就是「曬曬」這些在生活中出沒的鹿群。居住在美國德州奧斯汀西北郊區，一整個社區建築在小山丘上，道路上下蜿蜒，兩旁獨棟房有自己的庭院。天氣晴朗時在外散步，若見到小孩在前庭玩耍，美國中產階級的美好畫面便更完整：孩子的嬉鬧聲，爸媽的談笑聲，陽光灑下來，整片草坪綠油油光亮。

在美國郊區，野鹿與人群共同生活並不少見，在德州，這些野鹿數量尤其的多。這些野鹿大多是白尾鹿（White-Tailed Deer），奔跑時會翹起尾巴，亮出底下的白毛。這些鹿穿梭在叢林灌木之間，也聚集在一般人的庭院，人車經過，警覺地抬起頭望向四周，一會兒聲音靜了，又低下頭，吃著自己的草。

我居住的房子，旁邊的小草坪是停車場，正巧是鹿群上下山的路線。看到一頭鹿，隨後便是一群。鹿群中總會有一兩隻小鹿，東張西望，活潑往林間跑去。有時一次來了七、八隻鹿，不急著離開，就在停車場悠閒漫步。這時，我就會躡手躡腳躲在一旁看，鹿群是膽小的，就怕發出聲音，一個驚訝，全都跑光了。

走路出門，鹿群常在不遠處，我停下腳步，幾隻警覺的停下動作，抬起頭來觀察我，有人說鹿的視力並不好，不知道牠們看的是我還是一抹影子；幼鹿相形之下少了點戒心，專注著自己，或是跟另外的幼鹿玩耍。公鹿則獨來獨往，很少和母鹿與小鹿一起行動，最多就是與其他公鹿聚集一起。在社區裡常看著帶著長長鹿角的公鹿走在路上，獨自吃草，偶爾跟牠們對上了眼，維持了幾秒，牠們撇頭，回到剛剛的狀態。

朋友開車載我回家時，總期待著是否能在轉彎處，見到鹿群。在夜晚，鹿群更加活躍，突然亮起的車燈讓牠們一動也不動，像多個蠟像定格在聚光燈下，圓滾滾的黑色眼睛，定格的表情，彷彿四周都停下來了。不論是白天還是晚上，能夠這樣簡簡單單單看著鹿，心情就好了一半，牠們不被圈養在柵欄籠子裡，而在身邊生活著。一想到這樣，生活的煩躁就被稀釋了。

關於鹿，曾經做過最瘋狂的事情，應該是看了《鹿男與美麗的奈良》之後，被那個跟主角說話的神鹿，跟奈良古都風景給吸引，買了機票就這樣去了關西一趟。萬城目學的故事將神話與鹿群結合，一層一層將讀者穿梭在現代與過去的奈良之間。書中出現的鹿群，聚集在東大寺前，原本對我來說只是景點的事物，突然充滿故事的力量。奈良的鹿與這裡的鹿十分不同，奈良是牠們聚集的聖地，人們闖了進去，又或者是牠們追著人們手上的鹿仙貝跑。這裡的鹿就是遠遠看著你，這一塊地不是誰的，彼此過著自己的日子。

不過，不是每個人都能歡喜接受這些鹿群圍繞身邊。房東太太雖然是在地奧斯汀人，每每看到這些鹿群不經意到訪，還是很興奮。她告訴我，難免還是會替這些野鹿擔心，社區裡有些人對動物充滿敵意，甚至會射殺誤闖庭院的鹿群。在奧斯汀政府的網站上有個特別網頁，即是在教導居民如何與鹿群們共同生活（Coexisting With Deer）。提供下載的教學手冊內特別提到，鹿群因應人類改變原生的環境的方式，便是開始了與人共生的生活模式。搭配這話的背景照片，是一隻白尾鹿疑惑地望著鏡頭，提醒人們生物的生存法則，那些奔跑鹿群不是侵入，而是適應。

有回房東很興奮地打電話給我，問我在不在家，一隻剛出生的幼鹿被遺留在草坪上。動保中心的人員建議把牠移到鹿群經過的小徑，母鹿會回來帶走牠。我趕忙跑到小徑，看到一隻幼鹿虛弱地趴在草叢上，怯生生窩著動不了。就像是卡通裡的小鹿斑比一樣，牠身上還帶著斑點，毛色是閃光的褐色，有種針的質感。背對著我，但我仍注意到牠眼神緊張盯著我，遲疑著要不要蹲下去摸牠，但怕真嚇著牠，便決定就看著就好。幾個小時後再回去小徑，那幼鹿已經不見，應該是跟著鹿群離開了。後來社區裡出現兩隻小鹿，在路上奔跑玩鬧，房東說是那隻幼鹿長大了，現在能自在到處跑了。

在還沒完成一篇散文，一部小說，一篇論文之前，我就會提早想到多年後，自己會怎麼懷念起那時寫著這些文字的當下。這些鹿群，牠們散步的悠閒，柏油路上的狂奔，單純的眼神，出現在車燈前沒有預警的巨大身軀，或是我們突然發現彼此時但沒有跳開的驚訝，全都會充滿在這段時間的文字裡。這樣想來，所有的事情都變得值得記憶與反芻，那不是單純的寫作而已，是帶著那麼一點點自然與野的氣息。

在路上

離開美國後，我能想見，這段對話將是我回想奧斯汀生活的引子：

「幫我看看右邊，有車子過來嗎？」

「沒有。」

「左邊也沒有。出發了。」

住在街角，離開停車場總要特別謹慎，駛上馬路之前，房東Joanne Click總會問我右邊轉角有沒有車子駛來，確定沒有才安心上路。雖只是幾句安全叮嚀，卻是我們日常閒聊的序曲，在前往目的地的時間裡，她說著最近的美國政局、奧斯汀，與種種她的家族故事。

我特別珍惜在路上的時間，移動的過程裡，聽著這些美國事。Joanne是退休的美國老太太，年近八十，整個人仍神采奕奕，對生活有許多想法與安排。來奧斯汀之前，我對這座城市全然陌生，只能從網路上租房資訊去揣想、Joanne的租屋公告一下子吸引我的目光，公告裡她分享自己曾在東南亞居住多年，房子常年租給亞洲學生，還特別談到自己是專業的英文老師，很樂意教導房客英文或是修改論文。

與Joanne通信討論租屋的過程裡，我們談的不光是何時抵達，租金多少，更多是生活事。我提到目前的研究與中國歷史有關，她熱切地分享自己與中國的特別情感，那是她還是小女孩的時候，父親是美國海軍，二戰結束後艦隊返國的途中，於上海稍作停留，父親幫她買了一套中國衣裳，跟她說中國就在地球的另一頭。因為這套衣服和父親的話，她花了一個夏天挖地洞，幻想著可以就此通達世界的另一端。小女孩天真的夢想自然沒有實現，但中國在她心中一直占有獨特的地位，即使從來沒有去過。

能租到Joanne的房子非常幸運，不只是完善乾淨的屋況以及清幽的社區環境，更多是能認識到她。雖然不是在奧斯汀出生，已經居住了幾十年的她，對城市歷史變化瞭若指掌。沒有開車的我，能去的地方有限，Joanne總是熱心的接送。在她車上，整座奧斯汀不僅僅是現在存在，也從過去復活。這幾年人口與市區膨脹擴大快速，湧入的人潮改變了城市的樣貌，穿插在新與舊之間，她的描述讓城市有人的味道。

越戰前後，Joanne曾在東南亞住了十年，對亞洲有一定的感情，也讓她對外國文化有很大的接受度。她說起租賃的因緣，也跟亞洲有關，她發現大學裡許多亞洲學生生活封閉，很少說英文，當過英文老師的她，特別能體會這樣的辛苦，於是決定將自己的房子出租給外國學生們，在生活中跟他們互動，是最好的學習方式。她接待的學生大多來自東北亞：臺灣，中國以及韓國，少數來自非洲南美洲。旁人眼裡，她的房子總是來來去去許多「有色人」，保守的朋友則質疑她，這樣安全嗎？她說自己一點也不擔心，她的經驗使她理解這些外來客，相信人內裡的本質，不論是誰，同在一個屋簷下，維持的不是房客與房東，而是朋友的關係。

我不需要每天到大學去，很多時候是待在家裡寫論文，因此跟Joanne的相處機會也多。與Joanne不需要久識，只要聊一下天就覺得熟稔，她像是一個看你長大的長輩，說什麼都覺得親切。Joanne常是我博士論文的第一個讀者，每回讀完，她總會興奮地分享她的心得。由於冷戰，她對中國除了政治，其他一無所知。我論文觸及的晚清民初的歷史、政治和圖像，對她來說像是新大陸，填補她對中國的理解匱乏；面對美國政局的不定，Joanne常把現在的美國比擬成晚清中國，述說著那些歷史的鬼影，不僅在時間裡循環，也在空間上擺盪。Joanne的熱情不斷提醒我初著手這份研究的喜悅，我總笑著說，她有許多博士生房客，畢業了在全球各地發展，她的房子可說是博士出產地。她很驕傲說是的，然後對我打氣：接著就是你了！

我的奧斯汀生活，很大一部分是藉著Joanne的車連結起來的。她帶我去學校，德州超商，亞洲超市，甚至是新開幕的八十五度C麵包店；她帶我去參觀十八世紀德國移民女藝術家的博物館，她好友家慶祝感恩節，中秋節，及農曆春節。晚餐不想煮食時，她帶我到附近的速食店，嚐嚐美國漢堡滋味。她曾經抱怨，美國不發達的公共交通運輸系統，讓她到了這個年紀，還得自己開車出門；初來美國時我也不習慣，常與朋友抱怨，沒開車要出個門真麻煩。然而，現在卻有些慶幸，這樣的不便讓我一趟趟在路上，與Joanne天馬行空開啟各種話題。作為一個短暫的旅人，這些移動讓我不至於與這座城市覺得疏遠，望向車窗外，有那一刻，我似乎能看到自己也是其中一景，在那些流逝的景色裡。

新城雜記

1

健身房外的風景很重要，為什麼呢？像我這樣無法享受有氧運動的人，在不斷重複機械動作下，唯獨眼睛是自由的。視覺不必計算卡路里，不累積熱量，代謝再慢也跟得上周遭的景色。

像我現在，正在慢跑機上跑著，窗外是二〇一〇年上海世博臺灣館，在展覽結束後，搬到新竹變成了一處公園。那展館主體建築仿照天燈，那年在上海我排了長長隊進到了裡面，裡面的展覽早忘了，但還記得抬頭往上，多菱形的玻璃窗，給人一段一段光線折射的錯覺。

二〇一九年的世博館看來滄桑了，建築像是漂白了。十年前的風光看不出來，當時折射光線的玻璃也霧了。不斷在跑步機上跑著，我與這展覽館維持著相同距離，彷彿是這麼多年來的隱喻。還好我們對彼此都懷有過去的回憶，儘管只是一個下午也是證明。

越過世博臺灣館遠望去，是一座山脈，圍繞這個城市。跑步機儀表板上是一個個數字：時間、卡路里、坡度阻力，對應的是剛剛吃進去的午餐與等一下的晚餐。不斷攀升的數字，跟不動的景色成了對比。一動一靜之間，指示出來的是看不見的心肺指數。

幸好九樓窗戶外沒有走動的人。去過幾家一樓的健身房，運動時，外頭總走過行人。那樣的運動像是展覽，不管願不願意，都看在別人眼裡：動作，喘息，笑容，甚至是減少中的體重。那樣的運動需要極度放空，因為身為景色，不應該有太多的眼神。

2

還未了解這城，騎起車來總是戰戰兢兢。老城街道放射奔放，這邊彎那邊倒的，常常搞不清楚。身為一個機車騎士，跟著其他車子一起衝，似乎是最好的方式，只是跟錯了車，一路到哪自己也搞不清楚。

在高雄長大，棋盤式的道路是我對城市的認知，那種四岔口，五岔口的，多岔口的街道，連行人也迷惑。很少以機車當作主要交通工具，速度感似乎與大家不同。當我奮力往前騎，覺得已風馳電掣，但身邊的車總能輕易將我落下。看自己的儀表：時速四十，原來這已是我的臨界點。以前騎車總能又鑽又奔，現在變了，想不到人生的速度感也會減緩。看著一臺一車臺超車而過，但又無法加速，似乎就是不夠用力，才無法打破身體對速度的排斥。

在花蓮求學的時候，朋友曾經只花一小時多，就從光復一路騎到市區（一般要二到三小時），我在後座，風不斷劃過皮膚，灌進全罩安全帽裡，整顆頭像處在氣旋裡，嗡嗡作響。速度像是高度一樣，知道自己的臨界點之後，生理的緊張是不由自主的，行動無法連貫。朋友說那時的他就像機器一樣，只是不斷加速往前，什麼都不想。我很羨慕某些人在某些當下，總能關起自己的感官，將外界隔離。什麼都不管的時候，往往是什麼都管得好的時候。

3

對新竹的回憶其實並不好。那是大學畢旅的最後一夜，跟旅行社談好應該是三星級的飯店，結果是一處簡單旅店，談好的高級日本料理，變成一盤盤廉價日式快餐，大夥擠在一個地下室如同集體團膳，連個餐廳的樣子都沒有。

同學的質疑，與旅行社爭執，和對旅店的不滿，這趟旅程的結尾對我來說是一連串的錯愕與挫折。那一晚，住不了這旅店，與就讀梅園大學的朋友見了面。在夜裡，他帶我逛市區，也帶我在校園裡散步。我其實搞不清也不關心到了哪，只是不想面對這荒唐的旅程安排。

這麼多年過去了，那次旅遊的遺憾定調了我對這城的感受。不過我記得，那個晚上，我曾經走過一面湖，遠遠有好幾處高樓，亮著燈在湖面上成了倒影，還有一片草原，但在夜裡只是一片黑。朋友的無所適從也還記得，我們很多時候是沉默的，他把所有的興致勃勃都轉成慰問。

如今的我走在這個校園裡，那時的朋友也沒聯絡了。這陌生的校園給我一種複雜的情緒。我每日走上走下，那些年輕的學生趁暑假辦營隊，校園成了重重關卡，一群人走著闖關。哥哥姐姐帶著大名牌，用著各種可愛的匿名。雖說放假，這校園仍充滿學生，在餐廳，在圖書館，甚至在河邊，他們有說有笑，那樣的喜悅，或許會是他們記得這城的表情。

我與這些都格格不入，並非負面的排斥，只是一種不存在於同一個時間軸的真實感受。我們只是交會並非重疊。不過，現在在這城裡行走之時，我總期待會意外找到當年那家旅店（也許現在已歇業了）然後進去住一晚，安靜在夢裡把多年前應享有的安心找回來。當時入住後，飯店工作人員曾高興地問我還滿意嗎？我大喊一聲當然不滿意轉頭就走，但這次我想給不一樣的答案。

那答案不是給他們，是給自己的。

竹風

天氣一冷，騎起機車來真是煩躁，尤其風一大，整個人從機車道被吹到快車道，那一瞬間好像被《JOJO冒險野郎》裡的ディアボロ的替身刪除了時間，替換來的距離是驚恐。

一直到幾個月前，我才稍稍把新竹老城的街道連起來，那歸功於我某周連看某部電影N次。電影上映前，就在附近街道閒晃，走動的過程像是小時候做的連連看，把ABCDE等點連起來，便能知道全貌。老城街道對我來說實在奔放，連線後終於安靜下來，猶抱琵琶半遮面，長怎樣就怎樣。

在曲曲折折的巷弄裡騎車，就會特別想念起高雄的街道。那真是高雄人的誤區，認為城市的路就應該方方正正如棋盤；什麼四岔口，五岔口的，多岔口的街道，城市裡是不應該玩跳棋的。

騎車時不確定怎麼走的時候，我解決方式非常鄉愿，綠燈一亮，就尾隨其他車子一起衝，反正大家能去的地方我也能去，管它哪裡。像某年在上海短居，為了省錢，去外灘某條小街吃了浮了層黑油的自助餐。要點菜前當然萬般掙扎，但看到裡面的人也能喜孜孜的享用，想到人家可以我當然也可以，難得的勇氣與堅持都用到這種事情上去了。

二〇一九年剛從美國回來，已經很久沒騎機車的我，速度感完全與現實脫節。在街上覺得自己風馳電掣，那風狠狠割過臉龐，漂浪少年的情懷，但旁邊的阿公阿媽一個個乘風而去，狠狠落我在後頭。看自己的儀表板：40，想追趕我眼前的每一臺機車，但手又抗拒無法用力加速。原來光速也能退化到這種程度，真不想說是人生的隱喻。

壞習慣

有些習慣，養成時不覺壞，等到想戒掉時才知其壞，但那壞又說不出哪裡壞，所有夠想的，都是好。

是的，我說的是看海。

看海這件事，不煩誰不礙誰，面對一片海就能完成。如此簡單自主的事，怎麼說也壞不到哪去。看海時只跟自己相處，沒有旁人魅惑語言，也難找人使壞。想來這行為單純得可以，挑不出一點雜質，唯一的動詞就是看，這動作又是動詞裡最靜態的。

不過，外在的靜謐，對照的多是內在的躁動。一個人之所以靜靜望向某處，多半不是因為平靜，而是為求平靜。「求」是人類的慾望表現，即使不說白，激動情緒總能往四周擴散，而恰恰是因心裡有所求，則需要一面海來靜一靜。這像是永恆的謬問，到底是蛋生雞還是雞生蛋，不管答案如何，總之雞與蛋缺一不可。

另一個常見的邏輯問題就是，「你愛山還是水？」古諺云：「智者樂山，仁者樂水。」若困在失去的邏輯陷阱裡，則無法回答這問題，選了哪一個，似乎就表態不要另一個。完整的人格是有智尚仁，精明的人最好不要輕易擇選。

以前的我也會陷入這樣的矛盾，但在花蓮念書那幾年，不再拘泥所謂「人格完整」，生活可見的那片大海教我突破兩元對立，大膽選邊。

是的，我說的是海。

不只跟朋友提過一次，在花蓮最幸福的事，就是有片太平洋當鄰居，不必刻意，她像是隻安靜的小貓躺在手邊，偶爾還會輕舔你。太平洋多半時候一動也不動，即使聽見海浪拍擊，那聲音像是從遠方迴來，融進一片靜止的景色裡。因為安靜，海色顯得突出，都說顏色是反射太陽光照而來，但太平洋的藍彷彿是從海底浮上來的，不張揚不踰矩，恰恰好就停在表面，再高一點就成了散逸水氣。明明可以狂放，卻表現得那麼保守，海展現出拿捏得宜的情緒，任何多一點點，都是觀者的自我投射。

遠方的船常停滯不動，直到一艘艘從兩條斜出的港堤駛入花蓮港，小型紅色燈塔凸顯出船身的巨大，才驚覺它們移動如此快速。夜晚時，海面倒影不是閃爍星光，而是漁貨船發出的燈火，像火金姑，在黑夜裡找一塊葉子歇息。若非遠方地平線仍能辨識，月光升起時把天空與海看混成一個神祕的空間也愜意。目光裡的海是自己捏塑的形狀，不必與他人解釋分享，一個平面轉成四維向度，顛倒世界也不恐懼。

現在想來也愧疚，浪漫的觀海情懷，多少帶點目的性。生活不順遂，海就是沒有理由推託的朋友，喚來陪伴。耳邊海風簌簌，不當安慰反是鞭策，都把不悅的情緒吐出了，怎麼還坐在這裡感傷？我想海所吸納的情緒，負面的總是多於正面吧，深海裡的黑不止無光，還沾惹岸上的塵囂（這樣想來也是苦了那些深海生物）。但大自然總不會無止盡收納負面情緒，我常揣測颱風地震翻攪大海，不是氣候變異，而是大自然宣洩的舉動。唯獨此時，海不是能看的，如同那些人生齟齬，翻攪得不忍卒睹。大風大浪之後，對陸地的破壞被認定是天災，但我覺得多少藏有人禍：拍打上岸的波濤是對人類情緒的一種歸還。

直到遠離太平洋，才發覺依賴一片海不是好事。

搬居不靠海的地方，煩悶時見不著海，心底某塊石沒法放下，原本沖刷入深海的鬱悶，全都濺到心底。嘗試用其他娛樂方式紓解，唱歌看電影逛街，但是大自然的力量高於人為一切，無論怎麼努力，都比不上一陣風一點雨，把所有烏煙瘴氣洗刷乾淨。

那回受了氣，無法在家裡待著，抓起幾件衣服衝出門外，在車站徘徊不知去哪，眼前站牌寫著北海岸金山，那個海字在我眼裡不斷放大，如咒語，買了票就搭車出發。當車子從基隆轉入萬里，一片碧藍出現在窗戶外，那海洋的熟悉感全回來了。幸運的找到一間位於萬里金山邊界的海邊小屋暫住，前後無村，遺世獨立。

每天早上，我捨棄平坦的臺二線，繞遠路散步海灘半小時，前往金山市區。北海岸的海對我來說是動態的，波一層層襲上海岸，鹹澀斥滿空氣。於是，我的鏡片沾上水滴，眼前風光是安哲羅普洛斯的《永遠的一天》，緩慢不清。

風一吹，海藏在霧裡。孤獨氛圍。這海歡迎著誰到來，卻也不期待著誰到來。景色模糊，一時錯覺自己置身恐怖片，驅魔儀式開始，無法控制張大嘴，從體內湧出一陣陣黑煙，往天空散去。本以為自然會如故事角色經歷撕裂身心之苦，但此時卻沒感到任何痛楚，反倒暢快輕鬆，自然稀釋了鬱悶，一瞬結束。

心靈淨空，才意識到全是一股衝動，領著自己此時身處大海之前。這衝動是大自然的召喚，喚人重返生物的原始樣貌。沐浴在無垠的藍色空間裡，身邊一切變得清晰可聞，太多的「人為」阻擋了與大自然連結，需要適時擦亮觸角，才能察覺原來四周還有那麼多的光。

阻擋不了這樣的衝動，就放開吧！看海是我一個不可逆的習慣，如此自然。反正在一片大海前徹底放下自己，誠心誠意投降示弱，怎麼樣都不會是壞。

【與B通信4】

B，這幾年我深陷外語學習困境之中，讀遍所有指導發音的書籍，不時與你分析人類發聲原理與部位：「中文發音部位在口腔前部，英德文發音部位在口腔後部，說這兩種語言必須快速切換，這樣聽來才能道地，沒有口音……」為此，我還寫一篇〈鼻音〉的文章。

大多時候你只是靜靜聆聽，也鼓勵我以文字記錄一切，尤其在這段求變的過程中，必有許多值得一再回顧。不過，直到最近你才誠實：「那時我覺得你對於語言，不是，是對發音的執著，已到了走火入魔的程度。」

走火入魔？我以為這不過求好心切，為了與人溝通無障礙……

我嘗試解釋，卻被打斷，你說，語言不就是聲音，多聽多模仿就是了，哪來那麼多規則紀律的，你不斷給自己框框架架，一開口只注意在自己發音部位舌頭位置，這實在是本末倒置，你就是發出那個音就好啊，說話時應該專注在自己的內容上才是啊。

不是因為你的提醒，我倒沒有察覺到，每每開口，我總在備戰狀態，除了思考自己要說的內容，面對陌生人無來由的緊張，對外語掌握不確定；還有另一點，就是腦子總是冒出一大堆與對話無關緊要的話語：舌頭要平放，嘴唇不要大動作，聲音要從喉嚨深處發出，要使用鼻腔等等，光是處理這些體內自發性的提醒，就得用盡全力，遑論有效組織自己的發言內容了。

這種備戰狀態，彷彿是回答高中考試常會出現的題型：複選題。五個選項，不如單選題單純，只求唯一；複選題選項從一個對到全部對，共有至少二十種排列組合的可能，然而，給分方式只有一種：缺一不可。我們曾抱怨過這種題目最折磨人，看到複選題，心都涼了一片，等到考卷發回，答案總是東缺西缺，整個大題一分都沒得到乃是常事。

那時老師總愛恐嚇，複選題才是考真功夫，考程度，沒把書念仔細就會吃苦頭。此話至今謹記在心，如今說起外文，就像給自己出複選題，我必須完成每個選項，但是諷刺的是，即使知道答案是全選，一開口，不知道為什麼總會也一兩項落了做不到：舌頭位置跑了，嘴唇噘了……，雖有進步，但深深的挫敗感依舊如影隨形，沒有一次完全成功。試卷上那東一個西一個出現的紅字影像，不斷浮出我腦子。

B，這或許反應了我性格中某個極端的部分，尤其對在意的事物。過往的學習經驗督促我，只有全對，滿分，才是唯一的路，我習慣尋找方法，以求快速上路。因此，要找到一個狀態，一種所謂成功的模式，是多麼重要的事情，公式只要正確，帶入，便能算出正確答案。

只是發音，你或許會說，反應不用過大。

親愛的B，發音或許只是表象，發音之下，隱藏著是那個永遠在尋求一種安全模式，卻全然不自覺的自己。我總愛嘲諷，坊間充斥名人分享成功的書籍，怎麼做人生才不浪費，怎麼計劃你的下一個千萬存款，這些書籍永遠盤據排行榜前三名。到底是誰會想要買這些成功的故事，讀了別人的成功難道就能複製嗎？自以為是批評這現象膚淺，一般讀者怎會陷入如此表象的閱讀中，但是書櫃上許多附有發音部位圖表的發音教材，還有那些怎麼成為外語達人的書籍卻在在提醒我，我也一樣，慌張地尋找一種模式，藉由套用這個模式，去連結他人，給自己催眠麻醉。

B，我無意提醒你那通勤的遠距離戀愛，東海岸的山與海最終給你與他各自生活的終局。在那段關係中，如今想來，你似乎也陷在某種模式裡而不自知。情人間的親密舉動雖不嫌多，但對愛戰戰兢兢的你，深怕一鬆手，整片美景只剩幻夢。描述你與他互動時，你口氣大多猜疑，你感受到愛，但下一秒似乎愛就可以消失無蹤，這樣的不安，只因愛情行程並未依你預設而行。

你說，我們一起去超市時，為什麼他不和我走在一起，剩我一人推著車買東西，他總是東遊西晃，把物品放在車上又離開。情人不就應該兩個人一起推著購物車，享受購物的片段嗎？

你說，我們一起客廳看DVD時，他似乎刻意與我保持距離，我刻意把手伸到他身邊，他都沒有反應，想要牽著我的手或是兩人緊挨。這專屬兩人的時光，不是應該要更親密，更多身體上的互動嗎？

你又說，為什麼我說要煮食，他竟可以冷冷地說你煮自己的就好，我自己會處理。兩個人生活，為什麼會分得那麼清楚，情人不是就應該互相分享，有一體感……

你說，你說，你又說……寫就了種種條款，這些看似情緒化甚至杞人憂天的焦慮，形成了你的愛情模式。一對情人得上演一部寫好的劇本，然而其中一人從不知這劇本的存在，另一個永遠質疑對方演出不到位。交談最後，你總會問我，我覺得他不愛我，不然他不會這麼做，對，一定是這樣，因為我都沒有感到愛。

親愛的B，無人有資格去評論他人想要的愛情，但是當時的我切實感到你的辛苦，我不解問你，一起購物，一起看DVD，一起進食，不能是一種愛的表現？但你卻堅持，一起推車購物，看DVD時相依，彼此煮食共食才是愛的表現。你反問我，若我對這些模式不堅持，那有愛與無愛有何差別。我說這是模式的不同，你說那樣的模式看不出愛。

我們都陷在模式的迷惑中，只因為看不到模式之外的自己，有任何幸福成功的可能。有日，只是打趣地問了一位在巴黎多年的朋友L，現在法語是不是一口溜，他簡單回答我，已到邯鄲學步的程度。

邯鄲學步的程度？這答案實在抽象。

就是東學西效，到後來連自己怎麼說話都忘了。

霎時我突然全能理解，被話裡的深層幽默逗笑了。是啊，雖然我沒他在國外待這麼久，但最近我也有類似感受，一開口，似乎就得扮演另一個人，才能侃侃而談，那人可以是剛剛走過的美國人，或是天天播放的CD聲音，彷彿用「自己」就沒法說下去，別人的模式才能讓自己感到放心。

儘管學習語言本就是多模仿，但最終還是要用自己的聲音說話才行，當我察覺無法這麼實行，必須帶著一個面具交談時，這一點都不像《全民最大黨》這類模仿節目那麼喜劇，心懷不安：是因為我不相信自己，所以只能躲在模式裡去行動去索討？或許我骨子裡沒有勇氣去負責，套進別人的模式，是一種偷懶的安全？

B，你是不是也有過類似的感覺？那愛的種種條款在我看來，是通俗文化的反映。這麼說，你必會罵我不尊重。但那些兩人之間的互動與親密，你執著的，似乎是愛情電影的情節，套用那些模式，連結了觀影時那種被愛的虛像，你感到徹底安心。愛不就是那樣嗎？大家認可的愛的模式。你那時這樣問我，問得我都懷疑自己，我是否不懂愛，太過理性過分冷血，但不是這樣的，每個人都有自己的模式，要如何不把他人的模式當成自己的路徑，的確是很難解的課題。可是親愛的B，你曾想過嗎？你有多少愛情電影要追尋，多少愛情情節要上演，可是說到底，你的故事不才是最終呈現嗎？

B，我們的社會如手機，總有許多模式可設定，成功模式，失敗模式，天才模式……，我們還沒看清自己，就急急忙忙將自己歸類，推進某個模式中持續追求，忘了模式不過是一組方程式，來不及驚醒時已成了邯鄲學步裡那個燕國年輕人，最後只能在地上爬回自己的家鄉。我曾想用外國人的方式來說中文，似乎就可讓自己更適應這樣的發音法；我聽了一塊又一塊CD，學了一個又一個人，但始終找不到自己的聲音，自我模式。

當我們談到模式，我們要打破模式，B，我羨慕對聲音敏感的你在外語學習上總能使用簡單模式：模仿，開口，完全不用多想；而你說你要學習我對愛情的坦然態度，兩人之間不放大細微，不解讀日常，有無之間不過度情緒化。但B，我們還是觀望別人的模式，想扮演他人去解決自己的問題，不過，這總是開始，到最後漸有機會意識到問題的癥結——這一點都不簡單，畢竟我們習於攀附與求助——洗盡模式後的自己。或許現在只能想像，但一點都不懷疑當我能以自己的聲音發出第一個音時，那時會有多麼喜悅。

與東海岸的戀人分手之後，因為公司出差，你再次造訪鄰海小城，你說早已放下，即使城市的角落充滿回憶，心也不再波動。親愛的B，聽你這樣說，我以為這段情感對你而言已經逝去，但是你卻隱藏了重要的一段，直到一個月後你才願意坦承：

「我還是到了他的公寓，在樓下寫了張卡片給他。我寫著，我很感謝這一切，因為遇見他，看到自己在愛情裡的拗執與不安，有機會面對這些而改變自己。如果他願意的話，我很願意跟他繼續當朋友。」

乍聽這些，我不能接受。畢竟我們為了你要怎麼分手，怎麼調整自己等等問題，花了一晚又一晚討論。那時，你已接受了兩人的確不適合，同意應該快刀斬亂麻，甚至連分手都沒當面談，只是傳了簡訊，請對方把兩件你喜歡的衣服寄還給你，其他物件丟了就好。但我知道你心仍有依戀，儘管對方已冷，雖然是你提分手，但主導權仍在對方。

在愛情裡，我們似乎都介意誰是主導者，沒人想要處於劣勢，愛情理當平衡，但是經驗法則似乎難以證明，總看到誰多愛了誰，多依賴了誰。

那天，我在公車上，一對四十來歲男女說話大聲，女人緊緊攬著男人手臂，滔滔說個不停，那男人只是挺直不動，心不在焉嗯嗯敷衍。男人手機響起，似乎是什麼聚會，待會必須前往。女人頻頻詢問聚會地點時間等細節，向男人撒嬌：

「那我跟你一起去嘛？XX可以待在家啊，我們一起去就好。好不好嘛，蛤？」

「其實這臺公車可以到那個地方，那等一下怎麼樣，你就跟我在那邊下車就好，好，就這樣啦。」

「跟他們都一樣啊，我也很喜歡你，我們就一起去，沒關係啦，XX可以不要去。」

填補這些話的空行，是男人不置可否的應答。偷偷用眼角掃去，那女人越是偎緊男人，那男人坐得更是挺。突然話鋒一轉，女人說到最近胸口好痛，不知道什麼，一直嗲聲問男人，這是什麼問題造成的，男人只是淡淡說要去看醫生，不要拖。女人聽到男人回應，聲音更大聲：

「對啊，我去醫院看了，但好像得一直回診才行，你說怎麼辦。如果要一直看醫生，我的主治醫生已經很老了，過不久如果退休，我要怎麼辦。你說，這個問題是不是很嚴重，你說，對不對啊……」

這對男女的互動瀰漫些許詭異氣氛，關係似乎匪夷所思。但B，不知為何，我感到這臺公車因他們的對話，一路載運淡淡哀傷，女子越是積極越是撒嬌，越是說明這關係的不安與脆弱，脆弱到連我這個旁觀者，輕輕碰就碎。這對男女在捷運站下了車，並非女子口中直叨念的公車車站，男人直直往捷運站走去，女人則急急跟隨。

剛分手時，你不只一次問我，你還是可以繼續走下去的，提分手是否太過衝動，但又因個性使然，你習於切得乾淨：無用的物品，不聯絡的朋友，分手的情人。我看出你那種矛盾，所謂切得乾淨只是一種表面，底下的根芽依舊日日生長蔓延，你說，啊，你必須要跟他說明白，什麼東西還在他房裡，啊，什麼事情還沒有講清楚……這些看似要切得更乾淨的舉動，只是為了延續希望，不是真的分東西。

親愛的B，我們這樣常常開玩笑：「在乎就輸了。」這道理適用於各種關係，於是我們叮嚀自己要不在乎，事情能收能放。這看似坦然的態度，說穿了只是為了不要輸，在人際關係中總要處在贏家的地位。我們之前從未意識到這個盲點，只是急於計算誰負了誰，誰苦了誰，不想受傷就要懂得急流勇退，以坦然之姿退下，然後走上至高點，展現一切我都懂的寬容姿態。

因不公平所展現出的霸道關係，尤其凸顯在愛情裡：因為愛所以要接受，因為愛，所以關係必須被不停試探，又哭又鬧或冷淡。親愛的B，如今你必會同意，這些舉動正是因為匱乏愛而起，諷刺的是這總發生在愛之中而不被察覺，索討的只是內心無盡的惶恐，這洞無人可補，一旦運作，在不在乎都是苦。任何關係，都無法停在期待的公車站旁，大家歡喜下車。

親愛的B，反正愛過了，愛也就過了。

每場愛戀，最終還是得回來，跟自己做交代。你放卡片在他的信箱之後，也坦承期待他的回訊，能夠與舊人開展新的關係，是前所未有的經驗。然而親愛的B，我寧可看成是你想重新做自己的朋友，那個在戀愛中受傷的自己、失序的自己、承認有弱點的自己。我們當然不需如此坦然，萬事萬物看開看破，人生留一點疙瘩與騷動沒什麼大不了，只是如果思維已抵達了前站，回頭也難。B，倘若放不下只為了求好好放下，那麼你何不也寫一封卡片給自己，別留下寄件人姓名與信箱資訊，請你這樣告訴自己：這訊息不來自於任何人，我只要負責好好收下與愛惜，一切就好。

輯四　我的聲音不是我的聲音

口是心非

出版《努力工作》時，博客來網站希望我能拍短片來談談這本書，可惜我在德國，無法讓他們專業的攝影師拍攝，便問我可不可以自己找朋友幫忙。這機會也難得，我自然答應了。

雖然只是幾十秒，但面對鏡頭我總無法自在，得謄好稿子提醒自己要說些什麼，朋友負責掌鏡，我心中默念紙上內容，但不知道為何，當攝影鈕按下，我就控制不了自己，前兩句還照本宣科，到第三句就偏了，但為了維持流暢，這一偏就再也回不來，到最後自己扯不下去了，跟朋友說再試一次。回頭溫習稿子，沒想到老問題又犯，莫名的緊張讓我不到四句就脫稿演出，一再請朋友重拍。我一再抱怨，我不要說這個啊，後來朋友也聽不下去了，回我一句：「你為什麼不就直接說你想說的呢？」

這句話聽來有些詭辯，又有莫名的荒謬感。不懂為什麼，每次緊張起來，我不但語無倫次，還會口是心非，不說想說的話。想起碩士班時唯一一次上臺報告，興致沖沖準備了很多資料，也打好報告草稿，誰知道一上臺，突然就即興了起來，嘴巴不受腦子控制兀自的說，跟我當初的打算不同。如此東叉西走，結果時間到了報告還沒有到重點，留得臺下同學們一臉疑惑。老師最後也是皺眉看我：「你不是當過小學老師嗎？怎麼上臺說話會這樣呢？」

其實，不敢說的還不只當過小學老師，國中時我還常代表學校出去參加即席演講比賽，訓練到最後，已經可以像機器一般，拿到題目三分鐘內，便可侃侃而談五分鐘，完全沒有詞窮煩惱，站在臺上也不害怕，可以掛上標準笑容，不斷對評審老師微笑。

但這訓練到最後也走火入魔。還記得最後一次參加全縣比賽，充滿自信準備奪冠，這樣就可以參加全國國語文競賽——對我來說是一個神聖殿堂。當時抽到的還是那種很制式的題目：「民主與法治」，一點也不用擔憂，早早寫好講稿準備大顯身手。誰知，一上臺口若懸河，滔滔不絕，最後不能控制江河氾濫，才剛要進主題竟然一分鐘倒數鈴聲就響起，心頭一驚，得趕快結束民主走到法治，那一分鐘說了什麼已經沒有什麼印象，最後套上一句民主不能沒有法治，法治不能沒有民主這種無關痛癢的話，草草了結。

可想而知，結果揭曉，我連前五名都沒有。

朋友說，或許就是這樣的演講訓練，我嘴巴變得不聽使喚，只要一開口，它就是主人了，不管腦袋、意識怎麼控制，也不理會，想說的跟說出來成為兩件物體。我半信半疑，仍覺得演說應該是給我正面力量的說話訓練，但朋友說的也不無道理，因為我彷彿能聽見，當我面對人群說話時，有兩個聲音在身體裡打轉，一個是嘴巴的聲音，另一個則是體內說不出來的聲音，那體內的聲音又像是一個檢查者，監督我嘴巴，三不五時，總能聽到它說不能這樣說，你怎麼又說錯，不可以這樣說啊；朋友見我一臉慌張，要我別緊張：「慢慢說，就把心裡想表達的慢慢說出來就好。」但殊不知我心口無法合作，反而還互相牴觸，搞得我是什麼第三者卡在中間，只能冷汗直流，努力做個調停者。

這種心口不一的狀態，出了國之後更嚴重了。用外文做學術報告，無法全然掌握語言內容，體內兩個聲音衝突更大了。且不論脫稿演出，外文讓我的語無倫次更加淋漓盡致，留臺下聽眾一團迷霧，最後問題討論時則現出原形，無人能懂，那幾分鐘的沉默就是最好的註解，尷尬。主持人只好訕訕對我提問，這一問又讓我控制不了，再次語無倫次，我說得急，內心的聲音也罵得兇，只求趕快結束所有問題，也不知道剛剛說了什麼。

有人建議，無稿演出不行，那就照本宣科吧，寫好稿子，在臺上慢慢念完。這當然也是好主意，只是這兩個聲音還是互相爭鬥，我慢慢的念，體內的聲音不斷糾正我發音語調的問題，每說一詞，似乎後頭就有一鞭。說起來也是莫名其妙，但我每說一詞就感覺上氣不接下氣，語氣意思聲調內容開始各走各的，臺下聽眾抓不出所以然，不理解我在念什麼，那一鞭一鞭打在我不該暫停的地方，可以想像一篇文章被我念得坑坑疤疤，結果還是一樣，提問時的沉默加重我的窘境，我看著做滿記號的講稿，也不是沒有練習，但怎麼總是引到同樣的結局去，欲哭無淚。

海德堡的內卡河畔，常是做完報告之後，陪伴我療傷的地方。常與博士班朋友S坐在草坪，說說話，想緩和剛剛的失態與無力的沮喪情緒。說起這樣的感受，S提出了一個有趣的說法：既然你體內的聲音都在糾正你，那表示體內的那個你是知道怎麼說，何不把這個角色轉過來，你一開口不就是該說的嗎？

說來簡單，但轉化內心聲音對我來說卻不簡單。我開始懷疑自己是不是真誠的人，如此心口不一，我是一個喜歡說謊、說表面話的人嗎？或者，我又為什麼不敢直接說自己想說的？反問的過程，也是牙牙學語的過程，我練習德語顫舌音，變化莫測的字尾音，但若總是心口不一，再多的練習也是枉然，上場與人溝通，也只是莫名其妙的聲音變調，不只聽的人，連我說得也一頭霧水。牙牙學語的我突然覺得說話是一件好難的事，不論發音或是內容，我想的跟我所表達的，怎麼都有距離。

回想過往，我開始意識到自己的詞不達意，甚至擔心與人說話的時間點，竟然是開始幫雜誌報紙採訪作家學者，每回採訪前，總要閱讀大量的書籍與論文，只求在短時間內理解，將作家學者豐富經驗寫成文字。一開始是興奮，但到後來事情越多，快速的閱讀無法確定自己是不是真的完全理解作家作品，心底遂帶著歉意採訪，腦中的問題從整句話，慢慢碎成幾個關鍵詞，那種一邊說一邊想問題的狀態越來越頻繁，面對受訪者疑惑皺眉的表情，心裡過意不去。每每開口問問題，似乎就有一個我也同時問著我，這個問題好嗎？這是有深度的問題嗎？

做過相關工作的朋友們都說我想太多，採訪就像聊天，可以激發出有趣的火花就好，但我怎麼都在焦慮自己。好友J認識我多年，一針見血，說我的溝通模式起了問題，與人交談，焦點應該放在別人身上才是，怎麼我總是設立了另一雙眼反望自己，在溝通當中，焦慮的自己要說什麼，或是說什麼才好。這種莫名的焦慮與審視，也帶到了一般日常對話中，我常常看著別人的眼，卻想著等一下要說什麼，但一出口，又不是剛才所想的，似乎有許多眼睛注視著我，我要滿足每一雙眼，到最後沉默是金，只有這樣，沒有任何評斷。

也許不是虛偽或是言不由衷，這樣看似卑微擔憂的情緒，只是另一個自我反射。「你太愛自己，怕犯錯，不容得自己有缺點。」朋友J說得輕鬆，對我卻是震驚。每每說起外文，內心就升起一股無力或是排斥感，這種感覺不就來自不容犯錯的個性嗎？內心的聲音都在指責我，為了要找出正確的音，正確的說法，CD說話的那種感覺，喪失了最簡單的事情：直接開口去說。這些閃躲的舉動，或許真的只是想建築一種完美的形象，做不到的話，就不要展現，這樣一切安全。面對那種念完一個字就上氣不接下氣的報告，為什麼我感覺那麼辛苦，就是放不下自己，怕那個在人前受傷的自己，若說穿了，與人見面不都一樣，自在說著念著，就算錯了，不夠好，就一笑置之，再試一次。

知道自己在陌生人中是容易緊張的，開口也不知道該說些什麼，但就算這樣，也要接受，不開口就是不開口，並不是想開口而又不敢開口，拉扯。我看著桌上滿滿的德語書，似乎是一個新的契機，德國人直接，語言不含糊，對我來說也是一種訓練，在這些動詞形容詞的文法變化中，學到的是直接精準，而非那樣模糊扭捏，我特別喜歡德文的一點是，看到的字母都要發音，沒有美語的轉音連音，看到什麼，聽到什麼，就直接說出來。是啊，我得跟自己說，就直接說出來。

無論是口是心非或是心是口非，那兩個不斷衝撞的自己，總要找到一個和諧的方式，才能產生自己的聲音，說一是一，說二是二，就算做不好受了傷，把身上泥土拍了拍，還是繼續往前行。

聲音著床不完整症候群

來到德國學習新的語言，有種感受是過往沒有的，我戲稱為「聲音著床不完整症候群」。

十幾二十歲時，學語言時對聲音的反應快，聲音與意思的連結沒有時差，總在第一時間，可以了解別人的意思，馬上回應，就算有口音，但在溝通上沒有什麼大問題。語言，說穿了不過是開口發聲，將聲音排列至符合某族群的意思系統。只要懂得如何控制聲音，一切都不難。

但是，過了三十，突然深刻感受到聲音與意思存在的差距，在歐洲，聲音琳瑯滿目，在腦子卻生不出意思來。長到現在，能認出的聲音似乎已經定了，新的聲音只好拒於門外。看著德國同事雙唇開闔，嘴巴冒出的聲音如雨滴往我身上澆淋，但卻無法在我的理解系統裡著床，這就像演奏按鍵損壞的鋼琴，音樂家動著手指，我耳裡的聲音卻是斷裂，激昂之處常是音符的落空，本是飽滿樂譜成為凌亂筆記，磅礴音樂成了我腦中的問號，最後朋友問我意見，我只能裝傻一笑，或是無意識回應**Ja**（是的），然後從朋友的表情中理解，他們早知道我沒聽懂。

沒聽懂為什麼不問呢，我常被這樣質問，但問清楚總有個限量，若只是隻字片語不懂，自然可問，但若只懂隻字片語，實在不用大費脣舌了，因為連要問什麼都不知道。在學習語言裡，聽比說還要來得重要，聽懂了，可以用有限的字彙去表達自己的意見，聽不懂，對話就只有結束的下場，像我這樣聲音著床不完整，生出的意義自然有限，被切斷的溝通常讓人覺得挫敗，似乎有些東西近在眼前，但是眼前卻是一片盲。

根據語言學家的說法，腦子會自行分割區塊處理聲音，不同語言各占一區，互不干擾，所謂多語人士便是能在這些區塊內來去自如。這樣的切割能力在五歲之後就開始關閉，對聲音的認知也逐漸定著，世界將在已知的聲音中開始建立，比如日本人的世界，就是五十種聲音組合，德語中抖著小舌的R音，對我是沒有座標的存在物，而中文的四聲，是西方人士難以理解細微轉變，一偉或是億偉，一個或是很多，沒有差別。

知道這些理論，並不能讓人馬上侃侃而談，我想著腦子那些區塊，若有一個小人在其間穿來梭去，他必定很辛苦，不得其門而入還要硬闖空門。語言學習專家的建議有趣，越是老了學語言，越是要回到五歲前的狀態，讓擁擠的腦闢出一塊地來，唯一方式，就是不求甚解大量的聽，讓新的聲音系統找到地方扎根，而不是攀附在既有的系統中。看到這個說法，不知為何，我腦子馬上響起王老先生有塊地的旋律，歌詞不再重要，伊啊咿啊喔變成重點。

參照所有建議，能夠治療這個症狀，最好的藥方就是聽寫，不斷聽著同一片ＣＤ，等到每個聲音都聽清楚了，便寫下所聽到的，看看耳朵聽到與寫出來的，跟真實有什麼差別。雄心壯志，拿了一塊自認可以能懂六成以上的ＣＤ片專心聆聽，然而在自以為已掌握所有內容可以寫下字字句句之時，拿起筆寫出的句子竟像啃得不夠乾淨的玉米棒，東缺西缺，有些可憐。試著回想起ＣＤ的聲音，但缺的總是缺，空白就是空白，我的句子是湊不齊的拼圖，頂多能猜猜拼出的圖形，但是看不到真貌。

不信邪，再試一次。ＣＤ再次播放，我全神貫注就怕遺漏任何聲音，尤其那空白之處。ＣＤ內的對話越來越能理解，但是聲音的空白卻還是空白，超乎我理解範圍的，依舊超乎。這經驗對我是一種震驚，後來繼續練習，如網上分享聽寫經驗的網友一般，五分鐘的小段落，可花上一小時，而成果可能仍不是完整的段落、混亂的句子單詞和自己都不知道是什麼的字母重組。這樣的「火星文」，如鏡照出了真相，如果只能聽出殘缺的句子，那開口也只能是殘缺的句子，別人聽我說話時的皺眉表情可以理解，因書寫在紙上的證據，已說明我的意思堡壘不是堅固的宮殿，而是斷垣殘壁。

為了捕捉這些消失的聲音，我經常覺得挫敗，對手是一個擋在眼前，卻看不見也無法穿越的事物；聲音著床不完整症候群，羨慕那些能用外語自由交流的人，最後也只能感嘆自己辨音仿音的能力不如其他人，尤其怎麼越是練習，越是發現自己的限度。在專注而徹底的聽寫過程裡，才體會到過去的聽懂其實是一種假理解，抓到對方的隻字片語，開始猜測意思，腦袋裡是母語的翻譯，但等到要開口回應，卻支吾其詞，因為沒有反述能力，腦袋裡的外語全是肢解。

在語言班，亞洲學生總是急急忙忙想往程度更高的班去，但上課鮮少開口，聽不懂也說不清，只想更證明自己程度很高。這與我們過往的語言教育訓練有關，學校教育重視考試成績，語言只需懂與知道，熟練與運用是其次，我們被訓練得非常會答題，語言就是正確的選擇與填空，精巧的分析與背誦冷門單字，最好能如坊間語言書籍標榜的，三個月說一口流利X文，所以要趕著往前，知道這語言的規則，就是有語言程度了。

身在異鄉，才深深體會到這是多麼自欺欺人的學習態度。我也曾這樣，學習了德文一個月後，急忙的要升等，結果到了新班級，我說不出也聽不懂，老師與我溝通，我很堅持說我都看懂，也知文法規則，只是沒練習，分組練習時，一口流利的義大利同學根本無法與我交談，不知如何要幫彼此自我介紹，老師最後婉轉要我再降一級，回到初級班。心裡有些難過，怎麼同樣的課程還要再上一次，但是說實在話，即使上第二次，我也無法自由交談。

亞洲同學總是感覺歐洲美洲人都很會發言，一開口就是一串，甚至在初級班上，他們也能侃侃而談，但等到紙筆考試時，亞洲學生則能輕易得高分。我還記得在初級班上與日本同學參加考試，老師分發考卷給我們倆時，突然瞪大了雙眼，因為我倆得了滿分，但是上課時都不說話的兩個人，怎麼會知道答案呢？我猜想她心裡是這樣想的。從小到大的考試訓練，早練就考試技巧，甚至連題目都還沒有看完就知道答案了，但這樣的滿分，也是假性，拿到卷子卻沒有什麼興奮的心情，畢竟開口說話並不是填空是非選擇題。

好友J是身邊少數沒出國，外文就學得有聲有色的朋友。當我與他抱怨什麼聽不懂，音發不出來，他總是說著多練習，這種話說多了似乎也沒了意義，三個月一口流利XXX全成了幻夢，咒罵著出版社作者騙人，但他只是默默聽我說，直到一天才點破了整個故事的盲點，你真的學得徹底了嗎？你真的把這些聲音吃進去了嗎？如果要聽要說一百次你才能熟練，你真練了一百次了嗎？

若說「聲音著床不完整症候群」是因為年紀使然，心情倒也釋懷，然而著床不完整或許說明的是，這些聲音都沒在我的腦子裡生根，像那些我拿滿分的卷子一般，一百分才是重點，真正語言學習都是其次了。急急忙忙往前走，沒有好好扎根，這似乎是一般人學語言的態度，我的書櫃上，專業研究書籍不是最多，反倒是語言學習書籍最多，我花了最多力氣在這上面，但是我到底好好讀完了幾本書，又好好跟了哪個學習計畫做到了徹底，只是遇到了障礙時，趕緊上網去買幾本語言書籍，似乎又知道了新辦法，語言能力就能增加了。知道，就是習得了語言，成了一種氛圍。

這似乎是廢話，學習都要徹底，但在速食的社會裡，徹底已經成為一種奢侈與神話。做到底的人似乎是一個傻子。一段時間，我念起德英文有嚴重的障礙，竟然說了一個單詞就上氣不接下氣，念每個字都是困難。這些拼音文字，後面的子音，都因為母語的習慣而自行刪減了它，覺得也沒有差別。但學得徹底的J問我，你為什麼要自行把別人的語言進行刪減，為什麼不好好的一個一個字一個一個音發出來，有那麼難嗎？

他問我，你為什麼對聲音有那麼多態度，不過就只是交談的工具嗎？

一直到現在，我也無法回答這個問題。有了「聲音著床不完整症候群」，我似乎也要負點責任，因為我為什麼選擇了一些音，而因為什麼而發不了另一些音，於是在這個自我喜好挑選的過程中，讓溝通出現了問題，再回頭怪自己不夠好。我想起以前去拜訪J，一到學習時間，J總是坐定書桌前，將單字一個一個念熟，重複幾十遍也不厭煩，他說，說話是沒有時間思考的，一定要熟練到不假思索便能脫口而出才行。J說起外文特別清楚，聲音著床完整，意思自然表達完整。

有時候，當我煩躁這些消息的聲音時，我環顧四周，我的書桌似乎成了不徹底的剪影。且不論桌底下堆滿的紙張書籍，不知道什麼時候，電視說著德文，我上網開了美國的廣播，而手上是剛剛下載的德文新聞，上面還畫了重點，左手邊堆起的書籍，有日文考試、英文托福等等，我朋友總笑我不是來做博士，而是來念語言教學，突然回過身來，才覺得一切是那麼荒謬與不切實際，在面對語言學習的挫折上，我似乎看到了另一個，一直在生活中製造挫敗給自己的那個自己。

延宕的博士論文，如不著床的聲音，沒有具體進展，但寫不來的焦慮卻如影隨行。每天寫一點，這跟每天練一點外文，把聲音徹底固著，不是相同道理嗎？朋友說。我的做事態度似乎宣告了這種不著床的生活模式，即使用力積極，似乎都不夠穩固，看似急急忙忙每日奔波，接了各種稿子，什麼事情都嘗試，但是每次要到更深入一點，就止步觀望。在學術上，心裡不知怎麼總排斥更深的討論，大家越是熱烈討論，某議題或是某理論，我覺得有隔閡，生活上，與人談話到一個程度也不願意再多說，我似乎害怕給更多一點什麼，或者，難道是我害怕獲得更多一點什麼，躲在邊緣，就可以不用負責，從不知何時開始，我最習慣說的就是不知道，到後來也不會有人再來問我，我樂得輕鬆，但這樣下來，我跟自己的生活出現一種若即若離的關係，就如同聲音和意義的空隙。這樣不徹底的生活，也讓我去思考，一個人能做到如何的徹底，或是要更大膽去認清，做到徹底而失敗，也不需自我否定。

學習語言是一件可大可小的事情，有各種理由宣告自己的成功與失敗，但在跌跌撞撞之間，總看到什麼，隱藏在語言之下，跟自己人生更緊密關聯的事物。有耐心的將一個字一個字發清楚，是混亂的生活最好良藥，堆積如山的事，與其逃避或是馬虎，最終還是要面對那些沒有發出的聲音。J說，我說話總是這樣，即使是中文，也是跳躍著，對方得替我理出條理才能理解，但是如果總是期待對方的理解，還不如將理解掌控在手中，一開口，把聲音控制住，不疾不徐將事情說好，不過是一件事情，不過是一種聲音，人生沒有那麼困難，不需要在小事情上糾結。

當然，也有朋友也覺得我是否反應過度，不過是語言學習，毋需列出什麼大道理來，但每個人都有各自在乎的事，就在追求在乎的事情中跌跌撞撞體悟了什麼，得知了什麼，越是這樣不經意，越能看到某個躲避的自己。我寫作出書，對文字已有強烈的信任感，但出了國之後發現這些信任頓時瓦解，徹底了解到語言是如此的無力，不如藝術科學等知識穿越國界。語言只能在自己的領域中發光發熱，出了界，全都打成原形，不過是符號與聲音，更別說意義了。使用母語表達時，我們往往不自覺地走向取巧，反正美麗的外殼掩人耳目，不需深挖內心不確定或是不觸碰的部分。但如今的我，失了美麗的外衣，在人群前赤裸，這份赤裸不僅僅來自失語，更多是「原來我是這樣的性格」的發現。感傷的背面，其實更多是有趣的，重新牙牙學語的階段，也重新塑造自己的個性，而每個語言都有其個性，在拚命學習外語的時候，我是不是也習得了這語言的特質？是否德語重規律的特性已內化於心？拼音文字中那對我總是神祕的字音，是否讓我體會到某種點到為止，卻不能不點的行為模式？

有時候很慶幸自己的多慮，也許才是我罹患「聲音著床不完整症候群」的原因，逼著我反思那些就算買盡坊間語言學習書籍也解不開的謎，專屬個人的，無論是學習的挫折，生活的不順，背後似乎有一個道理，可以解釋所有不安的情緒。要大量依靠語言文字工作的我，正視自己在這方面的缺陷，其實並不容易，似乎承認就是一種棄械投降，退出江湖。但是若不棄械，又如何重練新的武功呢，與其自我安慰如果說慢一點就能懂，如果我早一點學就好，如果用字太難我也行，這些一個又一個藉口不過就是給著床不完整的聲音一個溫床嗎？停在藉口中，事情就變得簡單。但其實更簡單的是，就是一點一點，不慌不忙，將那些聲音文字，好好種進自己的腦袋裡，等著它發芽茁壯。生活也是。

至今我仍持續做著聽寫練習，享受專心聽著寫出一字一句的過程。我尤其喜歡德文特別好的朋友L教我的方法，每當發音困難，就把手邊文章依照音節一個一個畫開，複雜的文字體頓時變成簡單聲音集合體，然後將一個一個音節念得自在，如同扎入一株一株幼苗。L總鼓勵我，將每個音節說清楚之後，別人就完全沒有理解上的問題，真的如同說一個語言，因為清楚自己在說什麼，沒有不確定的心虛。因此，我的書本看來總是特別凌亂，那長短不一，穿插在字母間的鉛筆線條，乍看是阻擋理解的線條，但其實是我讓聲音著床，做事簡單徹底的一種提醒。漸漸地，生活似乎也被我心裡慢慢畫上數條無形的線，我只需一步一步簡單進行，過去容易流於不滿與無力的部分，都被切割成一個一個足以處理的單位。

現在，我不求各種方法，堆積琳瑯滿目的學習書籍，只做得徹底，讓那些扎根的幼苗，隨時間養成一片花園。

孩子

跟我進行語言交換的美國學生，叫做提姆，是一個大四的學生。

雖說年紀是大四學生，但學業上嚴格說來只算是大二。他跟我說，前兩年的主修是工程系，但實在沒興趣，課業表現也不盡理想。於是轉了主修，改為學習中文與歷史，成為文科的學生。

提姆總是給人很緊繃的感覺，雖是語言交換，但對每個錯誤都很在意。他喜歡做字卡，在語言交換的兩個小時裡，他十分享受回答字卡上的問題，我挑選比較難的字句，他看了字卡提示寫出正確答案。大多時候他都答對，整個人很高興，答不出來時，他的反應就是搖頭嘆氣，然後解釋學習這個字的過程，他為什麼會忘記。許多無法的理由。我聽他說完，會把字卡交給他，讓他複習，他一看到答案，又會說我就知道，我有印象如何如何。我笑著，請他再寫一次。

這讓我想到在國小教書那年，有一個小孩長得非常像唐澤壽明（還有人記得這日本偶像嗎），個性溫和熱心，是那種群育絕對是滿分的孩子，但是智育，這家長十分注意的項目，卻不是那麼好。這孩子在課業上的確不太理想，反應有些慢，不過身為導師，我並不那麼在意。媽媽常常在考試之後來學校，跟我解釋為什麼這次「小唐澤」沒考好，不是前一天晚上他們忘了給他複習，就是他身體不舒服，總之，孩子是會的，資質沒問題，考試成績不代表他的能力。

這些話不是說給我聽的，我知道。我應和她的話，跟她說沒關係，下次會考好。把不安傾倒完了，媽媽放心了，小孩也能重新開始，所有不滿意的都可以拋到一邊。

提姆像是綜合這兩個角色，小孩子與媽媽。沒認識什麼朋友的我，提姆是我認識美國的一個窗口，但這個窗口跟想像中的美國大學生不太一樣。提姆不是那種壯碩俊美，在校園展現自己的男子氣概，被女孩包圍的人。他有自己的圈子，但卻不是在課堂裡。一開口說中文，他便會開始侷促不安，那個樣子，可能會被其他人當成怪人。在語言交換過程中，若是見到自己辛辛苦苦寫出來的句子被改正，他會在每個錯誤皺眉嘆氣，對自己生氣，然後開始說自己頭痛難過。但是，提姆又很像孩子，只要簡單鼓勵，他又馬上會笑出來，非常高興，自信又回來了。似乎那些錯誤本身就是錯誤。

提姆喜歡學語言。他常跟我分享學西班牙語、學俄語的經驗。但開口說中文似乎是他的恐懼，所以，他喜歡寫，寫下單字，寫下句子，描摹中文複雜的筆畫。我很驚訝他能寫出那麼多中文字，一筆一畫。在語言交換時，我們其實很少說中文，他似乎也不能太習慣（或是接受）那個說著外語的自己。喘氣，無法控制。關於語言交換的形式，我沒有什麼意見，總是讓提姆選擇他最喜歡的方式，就算只是幫他翻卡片，安靜地指著他錯誤的地方，聽他解釋，我也可以。畢竟語言學習，應該是快樂。

如此一想，似乎是諷刺了自己。這幾年來，糾纏著語言學習，對於那些密生的字詞音，我也有很多理由，告訴別人，或是告訴自己為什麼不理解。尷尬的沉默，店員疑惑，只能隨便應答，更是尷尬，或是對話如乒乓球來回時，到手上卻是一次又一次的死球，不必宣告三振的出局。那些語言之間的細微之處，總是遙遠，寧可四處晃蕩，也不靠近自己。於是，面對這些窘境，就是微笑或是重複那些沒有意義的理由，似乎在這些自我坦承裡，就見到希望，可以隨時開始，這些理由與膠著，時間變成禁錮，像那時小唐澤壽明的媽媽，而我現在說話的一直是我自己。

學習語言，某個程度上會讓人回到孩子的階段。殘酷的是，有人很快就長大成人，有人總是或可能永遠是孩子。但是如果要長大，總是得繼續走著，不然就會歸於零。提姆喜歡跟我分享他的未來，在我們的教育觀念裡，總是很容易忽略這樣的孩子的生命藍圖，因為不被信任。但是他總是說著，想要繼續加強中文，研究中國歷史，他喜歡唐朝，那是一個有趣的朝代，什麼事都很好玩。我說著這樣就得精通繁體和文言文，他誇張說著oh my God, I am gonna die。像一般的美國喜劇演員。不過對於這些藍圖，他沒有給我任何解釋，他相信這些事必然發生。就算他剛剛上完英文文學課程，他誠實表示老師跟助教都不喜歡他，表現也不理想，但是在德州亮晃晃的陽光裡，充滿青春氣息的大學校園裡，他說反正都上完了，就往前走。

看著提姆，那些理由，或是沒有理由，不管什麼狀態，我想到的都是解脫。好多年了，所有聲音與文字一直是困擾與負擔，不論以什麼形式，總是要解決。那可能是一種心態，是一種能力，是一種無所謂。我知道那解脫快了。等待孩子長大。期待那時候的到來。

英語時光

國小時開始接觸英文，我爸買了一臺中視公司出品的語言學習錄音機，大紅外殼，說實在話沒有什麼特別，就是在播放鍵邊多了一個反覆鍵，按下去，卡帶就會不斷重複十幾秒的內容，適合重複學習。我爸那時買了一套KK音標的教材，總會要求我和我姊每日聽上幾個音標。機器不重，我們拿著跑，在客廳、在飯廳，最多時候在臥房，我爸跟我們一同看著教材，他念一句，我們也跟一句，當時搞不懂什麼母音子音，就是學著聲音，教材裡那些符號看不懂，不過人體口腔的發音標示圖，到現在還有深刻印象，第一次看到嘴巴被畫成這樣，一種莫名的恐懼感。

想來有趣的是，其實我爸一點英文都不會，那時還自告奮勇教我們音標，小時候覺得爸爸什麼都會，當然一點也不懷疑。我爸對孩子教育十分關切，在那個國小還不用學英文的時代，小村莊也沒有什麼地方可以加強英文，後來，村裡唯一一家補習班，本來是只提供國小課業輔導服務，見到英文學習頗有商機，也開了美語班，我和我姊當然第一時間就去報到了。

號召雙語教學，全英文授課的時代還未來到，雖然是新的班級，但第一天上課，臺上站的還是什麼科目都教的班主任。我印象中他總是坐在桌子前，念一句，我們就跟著念一句，每堂課的進度不多，大夥也沒真的覺得學英文很重要，反正身邊同學都一樣，大家來玩的，後來班主任不教了，換了老師才真的嚇到我，那時國小老師校外兼課風氣盛行，班上教自然科學的女老師竟然站在臺前，平常教我們做實驗的她，現在跟我們互動 how are you。下了課主動跑去跟老師打招呼，老師雖然一樣客氣，卻一直囑咐我們，不要到學校宣傳她在補習班教英文。

這種英文學習大多在遊戲，說實在也沒學到什麼，大家課本裡寫滿了注音，被老師叫到就照著注音來念，念起來坑坑疤疤，就像現在坊間的英文會話書籍，每一句話都標了國字注音，一個字一個字念出來，反而落得四不像。一直到六年級，瘋狂讀起《國語日報》，有關《國語日報》的東西都想要，得知在高雄鳳山有一間國語日報學習中心，就想去那裡，最好的方式，那就是說要補英文，我爸才能接受我坐三十分鐘的公車只是來這間語文中心朝聖。

當時臺灣兩大知名外國英文老師，何嘉仁與何瑞元開了很多補習班。國語日報語言中心與何瑞元合作，所以上課教材都是何瑞元美語中心。我記得我的美語老師叫做Sabrina，是一個高䠷很有氣質的長髮美女，但並不親切，就是把該上的該教的完成。何瑞元美語不愧是有規模的學校，我終於開始有一種學英文的感覺，老師會給我們成績單，帶回家給父母簽名，每次上課都有進度，還有考試測驗，老師也會要求我們上課發言。

有一份教材，直到大學我還留著，是一本小冊子，上面寫著英文經，老師每周都要求我們要背其中的句子，現在回頭想，那些句子不過是文法規則，若都背熟了，所謂文法規範都內化了。還有所謂自然發音法，也是在那兒習得，現在我還能背上幾段，那時硬著頭皮記下來的發音口訣，但這一切等到上了中學之後，都結束了，我似乎也過了閱讀《國語日報》的年紀，成了青少年。

然而，到了考試的中學時期，我反而沒去任何地方另外學習英文了，就是跟學校老師一起學，以前也沒想過老師們發音如何，反正就跟著念，印象中也真的很少聽到老師念整段文章，總是一句一句然後問我們怎麼解，框框裡應該是什麼詞，那種開口英文的時光就已經過去了。

中學之後，英文成績也是普通，到高中時一落千丈，單字不懂，翻譯太難，英文也不是我強項。不過，為了想加強口語英文，我去托福補習班參加會話課，老師是一位美國小夥子，一看就是來臺灣邊教英文邊玩，他超過一百九十公分，騎著一臺超高越野機車，總是風馳電掣在高雄市區闖蕩。每回上課我們討論一個主題，雖然學生來來去去，但是基本幾個成員倒是挺熟的，上課總能自在開心交談，英文老師聽，我們說，語言這件事活了起來，就連學校英文成績也拉拔了許多，幾次都要考滿分了。沒有加強文法，是一周三次與老師同學聊天，也不再覺得英文困難。

如臺灣大部分的高中生一樣，英文的顛峰就在高中了，上了大學，我念的科系是語文教育，課程多與國文有關。高中時說只想念外文系，但等到那麼一刻，現實考量還是去念公費的師範院校，剛進去幾個月，我吵著要回去重考，還是想念外文系，這一吵，把父母都從高雄吵到了花蓮來，父母親要我考慮清楚，還是希望我不要放棄公費身分，但我有更想做的事情，同樣堅持，一家人坐在系辦，幾個系上老師試著與我溝通，系主任上課回來了，老師跟他報告有新生想要休學回去念外文系，他反應讓在場的每個人都愕然，只落下一句，那就休學走人啊，轉身進辦公室，突然一陣沉默。雖然後來系主任還是出來跟我們談談，但他第一時間的反應已經烙印在我心中。最後決定繼續念下去，問學長姐才知道，上學期才有學生吵著要分英文組和中文組，但是系主任不贊成，「念外文」這句話，在此刻變得有些敏感。

之後英文就慢慢淡出我的生活，學了日文之後，也更專心日文，我發現學英文之外的另一門外語的學生，好像都有點反骨，我身邊來德國念書的同學，也常說都只有英文多無聊，還是想學點別的語言。到了德國來之後，要用大量英文討論與寫作，但出了辦公室就不常聽見英語，為了不忘了日文，還得定時複習，這樣的多語錯亂症，是從來沒有想過的。

我的英文之路重新接連而起，竟然是在這樣一個複雜環境開始，朋友說多語撕裂狀態，要等到習慣才不覺困擾。書寫當下的我已經過了五年，終於有一點習慣的感覺，我十分慶幸，還得繼續慶幸下去才行。

我的數學

小六上學期最後一次月考，跟往常一樣，國語自然社會一科一科完成，不見得滿分，但寫得還算順心。到了數學一科，突然全變了，考卷上密密麻麻的文字與算式，如同什麼失控魔咒，噠噠噠，讓我眼前一片模糊。以前寫完試題還有時間檢查，但這次不同，我拚命寫，但時鐘滴噠聲卻響得比我快。

汗滴落。疊著一張張計算紙。所有的數字與算式換不得答案。考卷背面還有圓中有方，方中有三角的怪圖形等著計算面積。時間一到，老師收回考卷，才抱怨難，數學一向很好的A卻都寫完了，還糾正我哪裡錯。完了，但當時我想這只是個意外，不斷安慰自己：我會的我會的，只要時間再多一點就好。

然而，這不是意外，卻是個開始。接下來的數學考試，都在驚慌與緊張中度過，那種駕馭感再也沒有了，開始祈求題目少一點簡單一點。五專聯考時，數學試卷全是選擇題，許多人說簡單多了，我也以為如此，但「世界上最遙遠的距離，就是知道答案在那裡，卻不知道哪一個」。題題算完，跟選項總不同，崩潰與絕望並存。時間快到了，還有三分之一的空白，據機率統計，全部選二最容易得分，牙一咬，剩下的題目全不看了，一視同仁，二二二。

這世界真有界線，有些事情怎麼也跨不過去。這是數學教我的事。身邊那些擅長數學的同學，疑惑地說怎麼會算不出來，聽著他的話，眼前卻是壞掉的電視螢幕，只有錯亂符號與沙沙聲響，背後似乎藏著什麼美麗天堂，但卻不開啟。我的世界只有收播畫面，關於數學什麼的都提早結束了。

人總要學著跟這樣的界線相處，練就一個強心臟，這線多是充電的鐵絲，碰了慘叫一聲，還得裝作若無其事。高中一次始業考，數學試題如隨風飛揚的窗簾，擋不住外頭的陽光，只剩我在桌子前一身冷汗。只會一題，沒關係，就好好算那題吧。隔天發考卷時，老師說放個假大家也太混，竟然有零分的。總不會是我吧，同學把考卷遞來時，眼睛睜大，心中有不祥預感，果然，那一題算錯了，一顆0掛在紙張上，趕快收進抽屜，腦子只有過去與未來，昨天與明天，沒有現在，今天不存在了。

數字對於我的意義在哪？多年後，數學（嚴格說來是考試）已離我遠去，才能夠思考這問題。學測那些數學題目，我仍寫不出幾題，但種種公式符號跟演算，在我面前，似乎導出了一個抽象又具體的世界模型。雖然想像力不容許在試卷上徜徉，但電影中那些科學家在白板前寫著一串一串式列，著魔瘋狂的模樣，像是寫著一句又一句的詩。唯一的解讀或許侷限了這些算式。迷宮般心智跟寫作是相通的，浩瀚的時空中攫取一個又一個符號與意義，完成自己的城堡，有時敞開大門，有時緊守城牆，是一處私有的心理領地。

整個成長過程，我常呼喊我的數學在何方，挫折與擔憂充滿回憶。不知何時，這些無力感已然塑造出自己的神祕世界，教我用文字累積，用寫作運算。悠悠心靈，界線之間存有模稜地帶，連繫此地與他方。世界無法總是分割，只能轉而以其他形式現身。面對一張數學考卷，正確答案固然急迫，但那種尋求抒發的心，也是那樣的珍貴。

極端日常

我曾經看過一個中年太太，紅燈時硬生生把機車停在斑馬線中間，然後一動也不動。行人們分成兩條動線，必須要繞過她。這個太太不以為意，眼睛只注意前面的紅綠燈，不管路過的厭惡神情與抱怨。

那麼堅持的態度，純然的擾民，突然吸引住我的目光。當然討厭這樣的行為，如果我是行人，也會給她白眼，甚至故意撞她的機車，但我知道這些都無用，她就是要停在那裡，在那裡等著，她是駕駛，也是行人，錯亂的身分。

因為這個人，我馬上想了個小說情節，遲遲未落筆。某人出門，一定要把車子停在斑馬線上不可，不然會有嚴重的恐慌症。這樣怪行為，源於她的生長背景，可能是幼時創傷，或是偏激性格。因為這樣拿了好幾張紅單她仍控制不住。強迫症，無法自主。

這故事當然只是這無禮行為的浪漫想像。不過，因強迫症與不理性而出發的故事，像《派特的幸福劇本》，總是那麼吸引人，主角偏執的性格，引發一連串荒唐與猜不透的情節。身為觀眾，享受欣賞。

網路上流傳許多有關博愛座讓位的影片，所謂「正義使者」，一個比一個還嚴厲與兇狠。有老先生與年輕人互相對罵，後來兩人火氣大了，甚至還出手扭打。另一個公車上的影片也常見到，一位女學生坐在博愛座上，對面是同樣坐在博愛座上的中年男子，他不斷責罵女學生，要她馬上起身，因為她沒有資格坐在博愛座上。拍攝影片的男子受不了了，出口制止這個中年男子，反問他：「你不也坐在博愛座上？」只見他拿著雨傘擋住自己的臉，大聲回應：「這是我的權利。」拍攝的男子說女學生也有權利，他卻情緒激動：「她沒有資格，她要起來。」

我也是一個會坐在博愛座上的乘客，儘管身邊的人寧可站著也不願坐在特別標成紅色或是藍色的位置上。每每看到這樣的影片，總會特別注意，我認為只要適時讓位即可，不需矯枉過正，空椅不代表道德高尚。臺灣特殊「博愛座文化」近來已被許多人討論，「也許他有需要，只是你看不到」的標語在車廂內掛著。曾經想過如果自己遇到了這樣的正義魔人，我會有什麼反應？像年輕人反擊，還是如女學生不理會。至今還沒這樣的經驗，卻些一點無聊地期待遇到這樣的人，問問他到底是什麼原因，讓他必須要「挺身而出」？但事實上，我可能會馬上離開，坐到另一個位置，但那個人會不會就這樣跟著我，一路罵，監督我不可以靠近博愛座？

想體驗極端，超商店員或許是第一選擇。當上臺灣超商店員，得練就十八般武藝，結帳進貨泡咖啡泡茶都是工作內容，履歷寫上這項，似乎就是證明自己的「多才多藝」。在網路上，超商奧客短片點不勝點，看不完的荒謬劇。淡水某超商，一個女子進店裡問地址，店員請她自行去門口看門牌，兩人因此起了爭執。影片從此處開始，兩人口氣尖銳，女子指責店員態度不好要客訴，那店員火氣上來了，不懂為什麼這女子不能自己去看門牌，大聲回嗆。其中有些對話挺令人玩味的。女子說她因為騎機車看不到門牌，所以才進來詢問，店員馬上回應：你都下車了還不能去看門牌嗎？女子不斷重複會客訴他，還強調自己住在附近的。店員不假思索馬上反問：你住附近還不知道地址？

還有一個高分貝指責店員的女子。得知道自己的貨物被退回，這女子氣勢凌人，不斷責難店員。她講速超快，堅持這是物流公司的規定，自己可以延後取貨時間。店員無辜，解釋七天內不領貨就得退貨，再度惹毛了這女子，不斷強調自己延後取貨的權利，怪店員聽不懂。整個影片只聽到高頻率嗒嗒聲，使人毛躁。而有心的網友貼出物流條約，並沒有可以延後取貨的條款。

當然，這些影片都是片段，難以清楚判斷誰對誰錯。但是這些片段顯露出了生活中極端與阻斷的情境，在某個時間點，兩人的情緒衝到最高，再小的事情都是不可原諒的大錯；再多的理性，都抵不過壓不下的失序。在創作者的眼裡，這些都是一段段值得發展與擴張的故事，用創作的方式，去尋找到底是什麼樣的背後動力，推著兩人抵達了這裡，引發衝突，於是拉緊了弦，朝對方射出那奮力的一箭。

這些刺激在每日上演。有人說，就是這些威脅了創作，影片比文字精彩。然而，或許也是因為這些，刺激著小說火苗。打開電腦檔案寫作時，我總會想到這些極端場景，它們提供靈感，催促我去說出那些看不見的，不斷湧起的，需要解惑的情節。不過，想到這些全是生活實際，卻也感傷。極端故事令人期待，但是回到生活又是那樣無奈。

關鍵字：單語

Guten Tag

一直到抵達了德國法蘭克福機場，我會的德文詞還是只有一個，Guten Tag，日安。

得知能到德國攻讀博士到整裝出發，只有短短一個月，光是整理行李，已花我大半時間了。曾經想過是不是該去報名密集德文班，至少會個什麼基本用語也好，不然下了飛機啞口無言，連怎麼離開機場都不知道。

但是，當我開始查詢去哪上德文課的時候，才意識到，德文，這個我從來沒想過會學習的語言，已經不是到南陽街，隨便挑了補習班就好，還是到處都看得到的地球村，有一卡在手，到哪都可以上課。

我坐在電腦前，打了德文學習，才發現想學習歐洲語言，除了在臺北外，其他城市實在不容易，即使在臺北，最主要的就只有臺北德國文化中心（臺北歌德學院），設有德文系的大學以及幾間私人歐語補習班。不停按著滑鼠，在時間與時間之間盤算，發現沒一個地方，適合我這種趕著出國的人，只好放棄了，盤算著出了國，反正兵來將擋，水來土掩。

說是這麼說，一個美好春日下午，我還是拿著地址，到了臺北歌德學院去看看，總是要去歌德的故鄉了，出發前先來這裡朝聖一下。

印象中，進入德國文化中心時只有我一個人，甚至，有沒有工作人員在旁邊我都不清楚了。被包圍在諸多的文宣資料中，全是德國德國德國，美麗風景，風俗民情，還有德語課的詳細介紹以及為什麼要學德文的理由。翻閱這些文宣，裡面穿插的英文字母，有些字上面還加上了兩點，真是可愛。當然，那時候我還認為都是英文字母，德國人可會說，不，這可是我們德文字母。

我還看了什麼？拿了什麼？真正的細節倒是模糊了，但那樣一人午後，我至今仍難忘，甚至真正到了德國之後，反倒從沒體會到那樣的簡單氣氛，一個在他地體會異地的感受。我從來沒去過歐洲，也從來沒有想過能去歐洲，我建立的西方想像，全都來自於這些精美的照片和熟悉的文字，此時，即將遠行的緊張是一種異常平靜的情緒，想到前幾天忙著護照簽證與所有大小瑣事，而在電子郵件信箱，只是一張附件的電子機票，感覺起來又那麼不真實，似乎按了刪除鍵，才驚覺這些情緒，只是垃圾桶裡每天成天上萬，反覆誘惑你的關於錢的、性的、外貌的，還有遠行的夢想。

朋友們知道我要去德國了，馬上問我的總是，你會不會德文，我說不會，接下來的反應就是，天啊你怎麼那麼勇敢，去一個語言不通的地方。所有驚訝的眼神再再強調的是，言語是一把鑰匙，我沒有能力開鎖，卻想要穿過一扇門，於是我總回答，沒關係啊，反正過去再學，反正環境會加速學習。那樣的簡單，與聽起來的積極，卻讓驚訝的更驚訝，朋友說：如果是我，在這樣的年紀了，實在沒有這種勇氣。

我也不知道哪來的勇氣，或許，我其實也沒有那麼勇敢，出發前，還是去買了一本《德語基礎發音》，沒事的時候來練個幾句，但是不知是什麼原因，那些聲音卻沒有好好待在我的腦海裡，學會基本的字母發音，詞彙背了卻總從腦袋後面馬上溜走，我突然意識到朋友那些話語，我是不是該要冒冷汗，這鑰匙我好像抓不準，但還是自我安慰的說，到德語環境一切就會好轉。

幸虧這句問候語總還記得。早上的飛機飛抵法蘭克福，我看著底下紅頂小房一大片樹林和蜿蜒的河流，一切一切，我如今還歷歷在目。同行的朋友問我，你就要開始在這裡待上好幾年了，是什麼感覺。

Guten Tag，是我唯一會說的話。

Stuttgart（斯圖加特）

Stuttgart，我所在的德國南方巴登——符騰堡州的首府，每每發音，總被中文翻譯給干擾，斯圖加特，這城被我改名為Stugart，沒有母音的字音，消失在我的語言系統中。

帶我遊覽Stuttgart的M，總不時糾正我那缺席的子音，或是自行加上母音的子音，我糾纏在氣音、爆破音，及怎麼也彈不起舌來的R音間，聲音頓時成為一個巨大的結界而我無法破除，斯圖加特沿山坡建造的歐洲典型紅磚白屋難以成為樂曲哼唱在我的腦子；M仍很有耐心地聽我那詰屈聱牙的怪異腔調，或是總無法精準變換的六種主詞四種格式動詞不規則的過去現在未來……

在異地，聲音與聲音，迷失了連結。直到我走進斯圖加特的U-Bahn，聽到了隧道傳來隆隆聲，列車驀地出現，一聲喇叭，似乎回到亞洲，大阪的地下？臺灣的MRT？上海的地鐵？香港的MRT？熟悉場景。我居住的海德堡沒有地鐵行駛，幾個月來，這是我第一次鑽入地底，開始在黑暗的空間中尋找下一個著陸的地點。我異常興奮，嚷嚷著原來德國也有地鐵，M很不解地看著我，這有什麼好驚訝的？

看著偌大的地鐵地圖，試著理清自己現在的位置；聽著地鐵站特有的回音，盡責地告訴乘客列車正接近中或已遠離。是什麼情緒？說不上來，也並非什麼故做感傷的遊子情懷，那感覺就像這些日子以來，我每天反覆練習，一直想找出身上消失的子音，但往往，並不那麼容易。

Stumm（啞）

你曾經算過一天要說多少句子才算不封閉，而母語不能算在這些句子中，在異地，以自己的語言溝通不知怎地添加了許多罪惡感，彷彿是自己用了最流利的方式，隔絕外在世界並清楚畫出一塊禁地，但其實在別人眼中，那是你的牢籠，沒有人有鑰匙替你打開。

Stumm，啞，若發音偏了，dumm，則變成了蠢，如此相近的意涵與發音，總讓我說起來特別驚心。然而，就算回到母語，也不見心安。啞＝口＋亞。兩個元素恰好提醒你的來處與你的徬徨。冒出來的念頭，找不到適當的載體，只好選擇散逸或是凝結，然而這過程太久，侵蝕了原本說話的能力。躺在紙上的形聲字轉化為寂寞聲響，在夜闌人靜時特別喧譁，沒有人張開嘴，只是聲音，不是話語，變形成一個又一個符號，一個又一個意涵，紛忙尋找棲身處，一不標準，掉了重音，便無家可歸，蕩漾在黑空中，像賣火柴的少女，透過窗戶看著他人微笑，漸漸燃盡火光，到最後哪裡是錯，答案都啞。

你提醒自己不能啞，播放ＣＤ與打開廣播，一遍又一遍地追逐聲音的軌跡，來不及欣賞經過的風景，連錯過什麼都不知道。一回神，聲音急速四散，腦中某個部分一點一點被侵蝕，聲帶與耳膜糾結。啞，就是那麼啞的時候，錯過的風景，如同時間，提醒你一切不如想像，飄然身軀風一吹來空洞更顯明白，你失去的不只是聲音和意義，還有那些不安之下美好的埋伏，都一併在沉默中，愈來愈沉默。

Stehende Alphabete（站立的字母）

大學廣場，海德堡，德國。

大學廣場上站立的字母 Stehende Alphabete，是裝置藝術，也是一種迷宮的象徵。

越來越多的人會迷失在字與字裡，於是在書寫與說話中，積極找出新的路徑，殊不知其實是不斷的接近那死胡同裡。因此，各式各樣的貼紙語和標語，貼在字母上，冒犯與褻瀆象徵，讓力量滑稽，讓言語失去重量。

穿梭其間的孩子啊，我不僅不會要你們回頭，我更希望你們身陷其中，看到內裡的缺與滿。發紅的字母代表表達慾，當你指著這些字母說話的同時，這些字母也偷偷學你說話，儘管你是靠著他們學習。語言的天梯說裂開就裂開，總有一天你會發現，你無法走出迷宮，但你知道你深陷其中，而也許你會氣憤，繼續往前走，卻意外開拓了迷宮，更加沒人可以走出去。慢慢你無法不依賴，無法不去享受這樣的供給關係，一切都是理所當然，似乎都不會有威脅。

那是人類創造遊戲進而被遊戲的事實之一。站立的字母總有一天會走路，不會只甘於站立。

Jugendherberge（青年旅館）

德國，基爾（Kiel），青年旅館 Bekpek Kiel。

青年旅社八人房，三日，一只皮箱，你一人。

早些年，若一人待在房間，你總覺得惘然，再來個誰就好，可以說說話，可以當旅伴，可以認識異國友人。

到了三十出頭，還能去擠十多人一間的青年旅館的你，在朋友中已是少數。當然，你只為了省錢，但朋友總說，到這個年紀，旅館在旅遊中也占有重要地位，一天下來，得要有個人空間好好休息。

於是，這些情緒反反覆覆。每每打開門，總希望沒人在，如此便能霸占整間房；果如預期時又反問自己，這樣的旅行是否過於封閉，沒與人互動。

彷彿回到青春期，一種「轉大人」的尷尬。當身邊圍繞的皆是小十來歲的小夥子們，吆喝著去派對去喝酒，你彷若隱形人，摺衣服，下載今天所拍的照片，等等就要睡了。你期待被邀約，跟大夥是一體，但又知自己必會拒絕，夜晚的狂歡不在你的旅程中，這一刻又希望別來邀約，這房裡每個人都有自己的成長進度。

或許過分多想的性格，並不適合到這兒來過夜。「青年」旅館早在名稱上表示得清清楚楚，你抓到的不過是一點點青年的末端，彆扭的青春期。

칼군무（刀群舞）

韓國大勢女團Twice進軍美國，是去年K-pop界的大事。第一首英文單曲〈The Feels〉，MV發表後三小時就累積了四百萬的點擊，之後還上了吉米．法隆（Jimmy Fallon）的《今夜秀》（*The Tonight Show*）宣傳。

但團員定延因恐慌症暫停宣傳活動，九人群舞變成八人。

喜歡韓團的人，很多應和我一樣，都是被「刀群舞」（칼군무）所吸引。刀群舞，顧名思義，就是媲美軍刀甩動一般整齊的舞蹈，眾人跳舞時如揮舞軍刀，有力，不留參差。這樣的整齊劃一，展現了一個唱跳團體的實力，更證明一國的娛樂產業的成熟。除了觀看各個韓團完整版的刀群舞，我對「不完整版」也感到好奇，到底舞蹈中的「缺席」怎麼被遞補。偶爾的缺席，可能是團員生病或有其他工作，長久的缺席則是成員異動，最心酸的例子可說是「少女時代」，二〇一五年當紅之際，潔西卡

（Jessica）退團，原本的九人舞全都得重排成八人。

舞蹈的改動宣告團體的不可逆。

如今在YouTube上查詢「少女時代」的歌曲，有時會出現 with Jessica 跟 without Jessica 兩種版本，歌曲唱段舞蹈重新調整，有些歌因此幾乎不再出現。我特別喜歡她們的爆紅曲〈Gee〉，每到副歌，置中三個人輪盤式交換位置，但成為八人團後，這橋段已經沒了；她們的另一首名曲〈Oh!〉，裡頭經典的衣領舞，本由Jessica居中領唱：「Tell me, boy, boy. Love it, it, it ,it, it, it, it, ah! 」這段落同樣沒了。到後來這首歌很少以群舞方式演出。

遇到「缺席」，韓團大多會更改舞蹈與輪唱順序，不過這次Twice卻選擇將定延的位置空下來，表演這首歌時留下她的唱段，無人遞補。

因此，〈The Feels〉並沒有發表完整版本的群舞，定延的位置是空缺。世界各國韓迷舞蹈團體想 cover 這首歌，必須靠自己完成九人版編舞。MV發表後，我一直注意這些影片，想看看粉絲們怎麼補齊。追蹤了幾個版本，因為不同的設計，那空白變得豐富，如同拼圖剩到最後一塊，但碎片流動的，連帶圖像本身都也是不定的。在我眼裡，空白的靈活性，反倒成了歌的主舞。

記得幾年前，九〇年代天團「水晶男孩」因為熱門綜藝節目《無限挑戰》回歸韓國綜藝圈，一場臨時的演唱會，滿場觀眾自發性出席，重溫年少的熱情。我在房裡看得熱淚盈眶，真是所謂的「時代的眼淚」。有記者談到九〇年代的韓國團體總是缺一不可，每個成員都有重量，是偶像成就了團體，所以每個粉絲都很看重成員，但是近幾年，韓國經紀公司把團體名稱商標化，團體名不變，裡面的成員可以換來換去，人數可以又多又少，新成員再來練習舊的歌曲，如同流水線的工廠處理。

一個偶像團體，動輒四、五人以上，替換率高，有沒有誰都可以繼續經營下去，是人創造了商標，也是商標生產了人。Twice的經紀公司JYP讓這首歌以「少了一人」的表現是否自有盤算？或是維持團體感？又或是為了讓表演簡單點？不論答案為何，網路上許多cover影片已把想像補齊，那是迷之間的默契：將without轉成with，一個都不能out。

【跋】

離別

親愛的B，那年冬天之前，別離來到我和W之間，卻沒有惹出一滴眼淚。

似乎是看穿了，或是看破了，別離不帶任何威脅性，只是被日常瑣事給激了出來，好像前一晚還一同煮食，隔天卻為明日早點的焦慮而忿忿吵了一架，然後其中一人淡淡說道：我覺得吵完沒有比較好。

別離就是這樣出現的，當兩人開始思考什麼比較好時，答案已經不在對方身上了。別離與這兩人坐在餐桌一整晚，沉默讓四周漆黑得徹底，沒人想知道它的真正模樣，畢竟他們都曾被對方的模樣迷惑過，或傷害過。「模樣不可靠。」不發一語時有人先冒出這念頭，但見到對方迷惘眼神後，卻訕訕然吞了口水，任憑別離在身上纏著。別離拉長時間，兩人遂趕忙占據不同空間，回到那個不再重疊的當下。一年春天彼此遇見，別離還不存在的時光。有人說，沒想到我們會靠得那麼近，在好幾個無事發生的夜裡；有人說，你是那麼普通，普通到無法不被人注意。

語言將別離刻劃得越來越清楚，原來只是模糊形象與說不清的感受，卻開始有具體的回憶與未完的故事。穿來梭去。兩人可能都想過，別離讓他們失去許多，但下一秒又警醒自己，沒有不好，因最後只會得到更多，如節慶，一年到來，只是為了迎接下一年。

那年冬天好久之後，親愛的B，我終於能交出這本書了，彷彿完成一則篇幅過長的日記，度過了永遠的一天。這幾年我的時間感早已錯亂，秒分日月年都揉成一團，在團狀的時間裡，我走過許多地方，也離開許多地方；我見了許多人，也與許多人說再見；我遇到許多事，以為的沒有發生，意外的卻迎面來。

親愛的B，慶幸的是，如今的我已然抵達人生下一個階段，有權利與姿態看待過去如歷史文件，但那些內容卻成史料必須考證真實。我無法用遺忘解釋一切，遺忘的本質仍是記憶，所有風吹草動都帶動隱喻，遙指不知何處的喻體。

或許你會說，結束了就別想得那麼複雜，轉身是好事，包括初雪之前和W的別離。所有經歷都是人生插曲，沒人預期，也沒人想過它會怎麼延續。親愛的B，如今的我正從那遲到的初雪裡姍姍走來，雪地腳步無聲息，我覆蓋一身雪白，但我不抖落。

新人間418

我的不是我的

作　者—吳億偉
執行主編—羅珊珊
校　對—吳如惠、羅珊珊、吳億偉
美術設計—黃思維
行銷企劃—林昱豪

總編輯—胡金倫
董事長—趙政岷
出版者—時報文化出版企業股份有限公司
108019臺北市和平西路3段240號
發行專線—（02）2306-6842
讀者服務專線—0800-231-705・（02）2304-7103
讀者服務傳真—（02）2304-6858
郵撥—19344724時報文化出版公司
信箱—10899臺北華江橋郵局第99信箱

時報悅讀網—http://www.readingtimes.com.tw
思潮線臉書—https://www.facebook.com/trendage/
法律顧問—理律法律事務所　陳長文律師、李念祖律師
印　刷—勁達印刷有限公司
初版一刷—二〇二四年五月三十一日
定　價—新臺幣四〇〇元
（缺頁或破損的書，請寄回更換）

時報文化出版公司成立於一九七五年，
並於一九九九年股票上櫃公開發行，於二〇〇八年脫離中時集團非屬旺中，
以「尊重智慧與創意的文化事業」為信念。

我的不是我的/吳億偉著. -- 初版. --
臺北市 : 時報文化出版企業股份有限公司, 2024.05
288　面 ;　14.8 X 21公分

ISBN 978-626-396-292-7(平裝)

863.55　　113006596

ISBN 978-626-396-292-7
Printed in Taiwan

本書部份作品由財團法人國家文化藝術基金會贊助創作